一路芬芳

YILU FENFANG

陈振林 著

江西教育出版社
JIANGXI EDUCATION PUBLISHING HOUSE

图书在版编目（ＣＩＰ）数据

一路芬芳 / 陈振林著. -- 南昌 ：江西
教育出版社,2015.7（2019.7 重印）
　（悦读文库）
　ISBN 978-7-5392-8211-4

　Ⅰ．①一… Ⅱ．①陈… Ⅲ．①散文集－中国－当代
Ⅳ．①I267

中国版本图书馆CIP数据核字(2015)第165207号

悦读文库
一路芬芳
YILU FENFANG
陈振林/著

江西教育出版社出版
（南昌市抚河北路291号　邮编：330008）
各地新华书店经销
日照教科印刷有限公司
710毫米×1000毫米　16开本　13印张　字数165千字
2015年8月第1版　2019年7月第2次印刷　印数10000 册
ISBN 978-7-5392-8211-4
定价：26.00 元

赣教版图书如有印制质量问题，请向我社调换　电话：0791-86710427
投稿邮箱：JXJYCBS@163.com　来稿电话：0791-86705643
网址：http://www.jxeph.com

赣版权登字-02-2015-409

目 录

附录：
振林小语

第一辑

轻感动：美丽的凝望

父母在，不关机

学校组织我们教师出门旅行，我和同事老刘晚上被分在一间房住宿。旅途太疲惫，一心想着好好休息，我一进房间就关掉了手机。老刘问我："为什么要关掉手机呢？"

"担心有人打扰我们，手机关掉，可以好好地睡一觉。"我说。

"我可不这么想。关了手机，我睡不着。"老刘深有意味地说。我满脸疑惑，老刘又说："你看，我已是五十出头，家中的老人都是七十多岁了，一旦他们生了什么急病，或是哪儿磕碰了一下，我也好早点知道啊。"

"那你能连夜飞回去吗？"我反问。

"当然不能。"老刘说，"如果在我们城里，我倒可以迅速赶到老人的住处。如果太远了，我不能去，但老人拨通了我的电话，或者照顾他们的阿姨拨通了我的电话，老人就能听到我的声音，这也是一种安慰啊。"

我不出声了，默默地开了手机。我家中的父母，也六十多岁了，他们的身体其实也不大好。父母的年龄大了，就是一个老小孩，遇到点意外，即便儿女当时到不了身边，能听到儿女的声音确实也是一种安慰。

子曰："父母在，不远游。"我们做子女的说："父母在，不关机。"关机了，其实是关掉了属于儿女的一份责任，关掉了连接着自己心灵的那根亲情之线。

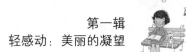

母亲的锻炼

我在城里上班，每天上班时就会看到成群的老爷爷老奶奶在一块儿锻炼身体，有的舞剑，有的跳着老年舞。那怡然自得的神情，甭提有多快乐、多幸福。看着他们，我就常想，我仍然生活在乡下的母亲要是能来到我这里，每天舞舞剑跳跳舞，那也是多么快乐多么幸福的事啊。

拿定主意后，我就回了老家，说要请母亲到我家里住上些天，锻炼锻炼身体。听我一说，乡下的弟弟也答应了。母亲也没有推辞，到自己的儿子那儿是理所当然的事。到我家的第二天，我就找到了那些舞剑跳舞的老奶奶，向她们介绍了我母亲，她们也同意母亲加入她们的队伍。母亲也立即向她们学起了跳舞，尽管有些笨拙，但我觉得能让母亲锻炼锻炼，也算尽了一个儿子的孝心。

可是只过了两天，母亲就对我说："不做了，不做了。我要回乡下去。"

我就不解了："您知道不，这叫锻炼，锻炼身体，能长寿。"

"这样舞着剑，跳着舞，就是锻炼身体了？我要回乡下去，我也能锻炼身体。"母亲和我争论。

我以为是母亲和老伙伴们闹了意见，问了问，真不是这样。但做儿子的总拗不过母亲，第二天上午，我就将母亲送回了乡下老家。临回城，我还对母亲说："您得加强锻炼，让身体更健康。"母亲连连点头。

过了几天，我打电话给母亲，仍在追问她锻炼身体的事。母亲倒乐了，大声说："儿子啊，你知道，你妈我天天锻炼着哩。你看啊，我每天早早地起床喂猪喂鸡，得提着猪食鸡食走上里把路。然后下地去菜园，侍弄那些菜，身子骨得动上两小时。你家侄子小然起床后上小学，我送去，又得走上几里路。再择菜，做饭，又忙上一阵子。有时，也上街赶集，那就是大锻炼了，我不骑车、坐车，都是走去走回的。还有，这几年我都帮着你弟种地，三亩多的棉花地的农活，全是我一个老婆子承包了呢……"

我听着电话，泪水就流了下来。

我这才知道，我坚持着让母亲到城里来锻炼，那是一个大大的错误啊。

乡下的母亲，有着她自己的生活。她总是用她瘦小的肩膀，承担着生活中风霜雪雨的锻炼。

旧衣裤

我大学毕业之后留在了一座小城工作，父母亲照样在乡下的农村，侍弄着几亩地。小城离乡下老家并不远，七八十里路，不用转车，一个小时左右就能跑上一趟。有时，父亲将家中的大米给我们小家送来，我们有空的时候也回到乡下去看看一天比一天老去的父母。

父母的年纪越来越大，能单独坐车来我们家也是个难事了。有时候，我们也是很忙，两三个月难回家一次。一天，父亲给我打电话说："林子，你有不穿了的旧衣裤吧？"我说："有啊。""那你能将这些

旧衣裤给带回老家吗？也许我还能穿哩。人老了，用不着讲究的。"
父亲又说。我知道我家中是有一些不穿了的旧衣裤的，前几天妻子还对
着我直埋怨："你这些不穿了的衣物怎么办才好啊？上次捐给灾区了一
些，现在又有了这一些，丢了又怪可惜的，送给别人那更是不行了。"
我也不知道怎么处理，还诧异自己怎么有了这么多旧衣裤。这下好了，
我再回家时就将那些旧衣裤带回去。过了几天就是春节，我将一大包旧
衣裤给带回了老家。

春节之后上班又是一阵子忙碌，杂七杂八的事牵扯着，我又有三个
多月没回乡下了。这回是母亲打来了电话："这阵子很忙吧……你爸就
问你，家中还有你的旧衣裤没有？"我一惊，上次我不是拿了一大包回
去了吗？难道父亲是将那些旧衣裤送人了？母亲又说："林子啊，你有
的话就送回来吧，你爸太爱穿你的旧衣裤了……"家中其实还有一包我
的旧衣裤。第二天是双休日，女儿想着要见爷爷奶奶，我就让她替我带
了回去。

第二天女儿回来我们家的时候，我就问她看见爷爷穿爸爸的衣服没
有。女儿连连摇头。妻子在一旁叫开了："你怎么这么不会想啊，她爷
爷的身材比你高大那么多，怎么可能穿得了你这个身材的衣裤啊？"我
一想也是，我的个子比父亲要小得多，他是穿不了我的衣裤的。

"那为什么非得让我将旧衣裤给送回去呢？"我问。女儿捏着我的鼻
子说："是奶奶偷偷告诉我说，爷爷和奶奶一看见你的旧衣裤啊，就像见
到了他们的儿子老爸你一样啊。"

我鼻子一酸。我知道我明天该回乡下看我的父母了……

最安稳的地方

那些天，他刚刚有些起色的生意正面临着巨大的困境。

他心急如焚，眼看着自己打拼的事业像一艘漩涡中的小船一样慢慢下沉。他向最要好的老同学求助，老同学立即放下了手中的事，请他一块儿到茶座去喝喝茶，让他静一静。可是，茶喝了，他似乎更焦躁了。妻子陪伴着他，时不时地劝上几句："别那么操心了，困境总会过去的，好好地睡个安稳觉吧。"这当然是妻子在哄他，是希望他不那么焦虑。

他接连几天都睡不好觉，他吃安眠药，可安眠药像过期了一般，没有一丝效果。

他有时觉得，就是有人在对他捣鬼，让他的生意不顺畅。

他一个人开着车，回到了一百多公里之外的乡下老家。父亲刚从地里犁完地回来，母亲在菜地里正忙活着。见他回来，父亲母亲一脸的喜悦。母亲开始忙着生火做饭，父亲在一旁帮忙，和他有一句没一句地闲聊着。

一会儿，饭菜就熟了。等到母亲叫他坐到餐桌边时，他坐在一旁的椅子上睡熟了，发出轻微而均匀的鼾声。

父亲母亲没有叫醒他。他们知道，他们的儿子太累了。母亲轻轻地给他盖上了件衣服。

等到他醒来时，已是深夜。父亲坐在一旁的小凳上，默默地抽着烟。母亲还在灶边忙碌着。屋外，电闪雷鸣，已下起了大雨。

　　他没想到，自己一觉可以睡这么长的时间。他也没想到，电闪雷鸣居然可以不吵醒他。

　　十多年后，他成为这一行业的领军人物。这些年，每当生意出现危机时，他总会驱车回到老家，很多烦恼和问题就会迎刃而解。

　　因为，他知道，父母的身边，是最安稳的地方。

姆　妈

　　我写过不少所谓的文章，但从不敢写我的母亲。我不敢写的原因一是担心我笨拙的笔写不好我的母亲，二则我的母亲常被人称作"矮子"和"憨"，这是属于我作为儿子的最私密的想念，我不大想写出来。

　　但，我还是想要写我的母亲，算是送给她生日的礼物。不然她的年岁越大，我就越不敢动笔了。

　　我们那儿把母亲不叫"妈妈"，这是我后来上小学时才知道的称呼；也不叫"娘"，那不是我们当地的口语。我们管母亲叫"姆妈"，从小时候我会说话起，到现在我三十多岁，我总是这样叫她——"姆妈"，多些亲切，多份尊敬。

　　姆妈的个子不高，大约只有一米五吧。她先后生养了我们兄弟三人，我是老大，老二比我小两岁，小弟比我小七岁。据说在我之前也怀过一个女孩的，但不知道是什么原因出生时却夭折了。对此，我奶奶责骂过她。奶奶能说会道，姆妈却沉默少言。奶奶常常会为了点小事将姆妈训斥得哑口无言，这也许是封建社会在我家留下的陋习吧。等到我出生了，奶奶才对姆妈好一点，因为奶奶有了她的孙儿了。但是在料理婴儿时的我时，姆妈肯定没有经验，也因此遭到了奶奶更厉害的责骂。奶奶担心她照看不好她的孙儿，就亲自来照管了。这样，虽然是自己亲生的儿子，姆妈却不能照管，可以想象，那时她的心中是一种什么样的滋味。每每这时，我的父亲是不会站在姆妈这边而绝对会站在奶奶那边的，因为父亲是奶奶四十岁了才生养的唯一的儿子。现在想起来，那时的姆妈会是多么无助呀。不久奶奶去世了，姆妈依然先后带大了我们三兄弟。但以后的言行中，渐渐长大的我们从没有发现姆妈对奶奶的不满和抱怨。这些事父亲也从没有对我们说，是村里年纪大的奶奶说给我们听的。

我和大弟能满地跑的时候，听见人们对我们常说的话就是"你的矮子妈""你的憨姆妈"。要是大人说，我们兄弟总会怒目以对；要是小孩说的话，我们兄弟就会上去一顿厮打，不管是输是赢。那时还没有分产到户，一到农忙，每人都有扯秧插秧的任务。分了任务，就得自己去完成。我们家就姆妈一个女劳力。这样，人家扯秧或插秧快一点，就会把留下的任务越留越多。本来就慢的姆妈这下更慢了，因为有不少的"任务"是那些不讲人情的人留下的。常常，她深夜回来，幼小的我们看她的胳膊和腿上时，到处都是蚊子、蚂蟥咬成的伤口。可是，我们又有什么办法呢？

父亲读过一点书，那时开始在村里做民办教师。学校事情多，他大多时候在学校。这样忙完农活后的姆妈回家后还得做饭、洗衣、喂猪、看孩子。后来包产到户，我们也渐渐大了，有时能下地做简单的农活，有时也能做些家务，姆妈这时才轻松一点。

姆妈不识字，可是她居然做了一件让我们几个儿子都佩服的事。父亲因为和人家闹纠纷，打断了人家的胳膊，先是躲避到了云南，五十岁的姆妈随后也跟了去，说要去照顾多病的父亲。我真不知道目不识丁的姆妈

是怎样找到云南思茅去的。最后父亲还是进了派出所，得赔7000元钱才放人。有人劝姆妈别再去管了，但是姆妈说她肯定要管，和我们商量后，她又东奔西走，凑足了钱，父亲这才回到家。也许从这时起，父亲才真正地对姆妈好起来。这时候，姆妈五十二岁。

姆妈矮，童年时我们兄弟总想着长得超过她，等到我们兄弟真超过她时，她的脸上这才现出了笑容。她曾对人说，儿子矮了呀，难找媳妇的。童年时的我们贪玩，有时也不大情愿去帮姆妈做家务的。记得有好几次，她扎篱笆要个帮手，找到了贪玩的我们，央求我们回去帮她。谁知我们撒腿就跑。她也就跟了上来，但怎么也抓不到我们，我们哈哈大笑起来，她也大笑起来。现在想来，觉得有点自责，但却是我们母子间最美好的回忆。懂事之后，我们从来都觉得她是那么高大。去别人家里借风车水车，姆妈总是抬重的那头，她不知道她的儿子力气已经比她大多了。我读师范时回家，家里水缸没水，我想去挑，她却不让，说家里来客了，还让你挑吗？后来从田里挑谷回家，我试过，却总挑不起来，但谁想，身高不到一米五的姆妈居然挑动了一百多斤的担子。这就是矮小的姆妈的伟大力量。

姆妈憨。这话是那些本来就憨的人说我姆妈的。我们兄弟三人从来不觉得她憨。姆妈憨，她给我们做的布鞋一双又一双，样式不大好看，但温暖耐穿。那时的年月，还讲什么好看？姆妈憨，每天做饭时会多放一点米，有时会多出不少的剩饭，这不是让她的儿子们吃得更饱吗？姆妈憨，她炒菜时会多放点盐，菜就咸了，在那菜少人多的日子，不咸点会够吃吗？姆妈憨，她时常吃冷饭，这不又节约了油盐柴火吗？姆妈憨，一个最大的西瓜留着不吃，放在床下却烂掉了，可你是否知道，等到周末时她的儿子们就会回来了呀；姆妈憨，管我们做事不认真叫"敷衍塞责"，可这个成语我在读中学时才弄懂它的读音和意义。姆妈憨，竟然会给我们讲许许多多的民间故事，当然，只是讲给她的儿子们听的……

姆妈的三个儿子现在都已成家立业了。我的条件比两个弟弟要好，曾说让她跟我们一起来住，她连连摆手说："住不惯你们的鸽子笼呀，我在乡下多好！"我的姆妈，如今还在乡下过着她的生活，仍然用瘦小的身躯挑着水、挑着稻，挑着她自己的生活。

美丽的凝望

每天，我立在窗口远眺，远眺的不是远处的风景。那些红的花、绿的草、高高的楼房，我早已经看得厌了。我远眺着，凝望着，等着我放学归来的小女儿。

凝望着，是一种享受。长久地伫立着，是纷繁生活中难得的一刻幸福。

二十多年前，同样的凝望与幸福的故事在一个村子里上演。那时我在十多里外初中学校寄宿，一般每周回家一次。于是，每周六的晚饭是一定等着我的，虽然那不大的餐桌上并没有特别丰盛的菜肴。饭熟了，暖暖地放在锅里。桌上的菜，嘴馋的小弟冷不防地用手偷上一爪，讨来母亲轻轻的责怪："等等你哥吧，就回来了的。"这样，我每每周末放学归来时，就成了最甜蜜的享受。远远地看见村头的几个小黑点，肯定是我的母亲、小弟，还有家里名叫"招财"的狗。父亲是不出来的，他得坐守大本营。我走近了，小弟开始欢呼"哥回来了"，"招财"的尾巴摆得更欢，围着

我转个不休。母亲倒平静了，接过我手中的衣物，说声“回来啦”，就往家里走。

吃过晚饭，母亲就会拿出些前几日藏起来的食物给我(当然是之前分给小弟一半了的)。有一次，母亲抱出个大大的西瓜，小弟说：“藏了五天了，妈说等哥回家了吃哩。”切开西瓜，红瓤早已成了黑色，原来已经变质了。母亲懊恼不已，直忙着责怪自己不细心……第二天星期天下午我得返校，母亲便早早地做了晚饭。吃了晚饭，母亲把我送到村口，凝望着我越走越远。我走远了，回头仍然看见村口的黑点，我知道，那一定是我的母亲。那时，我的泪也就禁不住地涌了出来。

在母亲的凝望中，我越走越远，从中学走进大学，从大学融进了社会。常常，我就会想起这幅凝望的画面，它让幸福在我的心间驻留。

凝望，真的不是爱情的专利！它不是“轮台东门送君去……雪上空留马行处”的伤感，不是“过尽千帆皆不是，斜晖脉脉水悠悠”的惆怅，不是“盈盈一水间，脉脉不得语”的痛苦。这凝望，是一幅传世已久的画卷，美丽至极；这凝望，是一个灵魂中最深的秘密，刻骨铭心；这凝望，是一种长了翅膀的幸福，在你我心田翱翔！

我们，悄悄地来到这个世界，最终又静静地离去。这一生，不是爱我们的人凝望着我们，就是我们凝望着我们爱着的人……

咣当——女儿开门进来。 我幸福地拥过女儿，我知道女儿也幸福着。猛然，我觉得有双慈祥的眼睛在凝望着我们，那是母亲的双眼！

——这时候，我想着要回去看一看我在乡下的母亲了！

一路的爱

小城。1路公共汽车。

一个老人，每天早晨都会坐上这1路公共汽车。每天上午8点多，老人都会准时上车，总是坐在第二排靠右的窗户边的座位上。1路车是环城车，环城一周得一个多小时。奇怪的是，老人上车了却不下车，只是在车上坐了一圈又回来，在上车的地方又下车。

每天，都是这样。

1路车的司机和售票员总是在变，老人的每天上车和下车却没有变。时间长了，1路车的好多司机和售票员也就和老人熟了。

"老伯，您每天都要逛逛，看这座小城的风景啊?"有个年轻的司机问老人。

"是啊，每天看看。"老人边说边笑。

"那您每天都看，看不厌啊?"

"怎么看得厌呢?"老人又笑了。

可是一想又不对啊。老人每天都是坐在靠右的座位上，那还有一边的风景为什么不看看呢?年轻人纳闷了。年轻人多了一个心眼。每次到了长青路时，老人总会说上一句:"小伙子，开慢点行不行啊?"年轻人就慢了下来，可是这里全是小摊小贩的门面，根本没有什么好的风景啊。于是就问老人:"老伯，这里没有什么好看的风景，一会儿到了大桥那儿了我慢一些开车，多好。"

"就在这儿慢一些就行了，就在这儿慢一些就行了。"老人连声说。

年轻人还是不明白。

终于有一次，这个谜给解开了。就在那长青路站口时，上来一个三十多岁的中年人，见着老人就说："爸，您上哪儿去啊？手里还有没有钱啊？"

老人的神色有些不自在了，忙说："有钱有钱，我随便走走。"下午，老人当然不在车上，中年人又上了车。司机还是那年轻人，年轻人就问："早晨那老人真是你爸？"

"是啊是啊，真是我爸，我每个月给他几百元的零花钱呢。东区偌大一套房子也就我爸一人在住。我们在长青路忙生意，真是忙啊。"中年人说。

"其实呀，老人每天都从你们的门前经过。"年轻人说。

第二天早晨，司机还是年轻人，老人依然早早上了车，在长青路时中年人又上车去进货："爸，你怎么又到处乱跑？"老人像犯了错误似的，小声地说："我就是有些记挂着你们，真的坐不住，想着每天来看看你们，但是又不想打扰你们的生活，这不好吗……"

儿子不再作声了。年轻人不再说话，整个车里一片寂静。

年轻人在长青路把车开得很慢很慢。有泪，从儿子的眼里流了出来，大颗大颗的。

一串号码，也有爱的方向

大学毕业后，我分配在县城工作，离乡下老家有七八十里路。乡下住着我的母亲，我想着母亲的时候，就花上一个多小时坐公共汽车回老家。母亲六十多岁了，还能下田做些体力活。我曾经将母亲接到我这里生活，才住上三天，母亲说不习惯，慌着让我送回去了。

母亲在乡下除了下地做事，还得照看我的侄子小然——小弟和弟媳都外出打工去了，将六岁的儿子留在了家里。我们觉得这给母亲增加了负担，母亲却笑了："有个小孙子在家，日子还滋润得多哩。"想想也是。为了联系方便一些，我给母亲装了部电话。我们将手机号码也写在了母亲房间的墙壁上。常常，我们和小弟就打上个电话和母亲聊聊天。偶尔，我六岁的侄子也帮着母亲按号码，接通电话后，母亲和我们讲一番话。

去年暑假一到，六岁的侄子小然就嚷着要去他爸妈那儿，母亲便让我将小然先送到省城，然后空中托运。很顺利地将侄子送上飞机后，我坐上了回县城的车。路上雨下得很大，能见度很差，我先后看到发生了三起客车相撞事故。我们的车开得很慢，晚上11点多才回到县城。我拿出手机准备给母亲报个平安，一看，手机没电了。换了块电池，才开机，母亲的电话打了过来："雨下得大，你应该平安回家了吧？"

我忙着回答："是的，我平安到家，空中托运也办得顺利。"

"那就好，我放心了。"母亲说。

我一惊，母亲不是不识字吗？她怎么拨对了号码啊？我便忙着问母亲："您该不是请人在拨电话号码吧？"

"深更半夜的了，到哪里请人啊？"母亲似乎高兴得很，"我呀，是小然拨号码时，我记住了你的手机号码的11个数字的顺序和电话机键盘上的位置……"

我一怔，拿着手机的手停在了半空。

即使是一串数字的电话号码啊，也有爱的方向。

请母亲上餐馆

我参加工作快二十年了，每隔几天，有时甚至是每天，我和我的朋友们都要上餐馆吃饭。大大小小的餐馆，遍布市内的大街小巷，没有我们没去过的。进了餐馆，叫上好吃的火锅，或者来几样从没吃过的新鲜菜，推杯换盏地喝上一阵子，有时公费开支，有时轮流埋单，每次最少的也要花上二三百元。

那天，我又上了餐馆，那是市里还算豪华的一家新装修的餐馆，市刑警队的老同学江海做东。我们几个同学好好地喝开了，不胜酒力的我当然地有了醉意。回到家，我倒有些清醒了，因为母亲打来电话，说想看一看她的孙女，也就是我的孩子小菡。我说明天星期天，我将她送回老家吧。我想起我的母亲，六十岁了，在我的记忆中，她是从来没有上过餐馆吃饭的。什么时候，我能请母亲上餐馆吃饭呢？母亲在乡下老家，离我们这儿有一个多小时车程。我计划着，就第二天我们三口之家一起回乡下老家，请母亲上餐馆吃饭。

我和妻子、女儿回到老家的时候，已是下午3点多。见我们来了，母亲高兴得合不拢嘴，直拉着小菡赞叹："又长高了，又长高了……"然后就开始张罗晚饭。我说："妈，我们就一起到镇上去吃饭吧，我请您吃。"

母亲连连摆手："不，那咋行啊？那得花多少钱啊？多不干净！"我听了忙说："餐馆我们来时就订好了的，您一定要去，您的儿子经常在餐馆吃饭，就想请您吃这餐饭，就想报答您的养育之恩哩……"面对母亲，我又是小孩子了，就想着将母亲"骗"去。母亲呢，面对的是自己儿子一家，又怎么拗得过？

"好吧好吧，只当是我陪你们去吃了。"好不容易，母亲笑着答应了。

吃饭的地点我定在镇上的帝王酒家，这是我回到老家时常来的一家酒馆。进到酒馆，找到我订好的包间，我从服务员手中一把拿过菜单，让母亲点菜。母亲又是推辞："我会点什么菜哟，你们吃什么我就吃什么，四条腿的我就那板凳不吃。还是你们点吧。要不，让小菡和娟子点菜。"小菡听了就说了个土豆蒸肉。母亲又让娟子点菜，娟子点了个酸菜鱼，她喜欢吃鱼。我还是让母亲点，母亲想了想，说那就点个青辣椒炒肉丝。我说您还得点个菜，母亲就又说："那就来个清炒小白菜吧。"我看了看菜价，小白菜才五元钱，敢情是母亲在为我节约哩。我连忙加上了母亲点的菜。当然，我还加上了长江鲢鱼火锅，因为我觉得这菜太少了。

等菜来的间隙，我想了想菜单，母亲是不喜欢吃肉的啊，怎么点了个青辣椒炒肉丝呢？其实这个菜是我读书时最爱吃的菜。上高中时，母亲好几次做了这个菜送到我的教室门口。原来还是在点给我吃啊。那母亲喜欢吃什么菜呢？我想加上一个母亲喜欢的菜。想了好几分钟，我也没能想出

来。只记得印象中的母亲什么都吃过，又像什么都没有吃过。对了，母亲不是喜欢吃鱼头吗？每次吃鱼时，最后鱼头都是母亲吃的。可是，长大的我知道那是母亲的一种特别的母爱啊。想了想，还是加上了"剁椒鱼头"这个菜，或许母亲还真喜欢吃鱼头哩。

菜上来了，我们请母亲先动筷子。母亲拿起筷子，夹起土豆蒸肉就往小菡碗里送，又夹起一块酸菜鱼给娟子，然后，将青辣椒炒肉丝这盘菜推到了我的面前。我连忙将剁椒鱼头夹给了母亲，母亲笑了："哈哈，还是你们最知道妈吃什么啊。"我们就都笑起来。一会儿，有人推开了房间的门，是我小镇上的两个朋友知道我回来了，来敬酒的。他们拿着酒，就要敬给母亲。母亲是不会喝酒的，我就向他们明说了。我不希望他们来打扰，想立即拒绝，母亲见了，说："人家来了，你就陪着喝吧。"母亲下了命令，我只得陪着喝。他们敬了，我还得出去回敬。一圈下来，我已是飘飘欲醉了。母亲就忙着让我吃菜，不想，刚吃上两口，嘴里的酒水给喷了一地。母亲和娟子就又忙着拿来毛巾为我擦拭。我趴在了桌子上："你们吃吧，我饱了……"我想我是醉了。

后来的事我就不知道了，也不知道怎么回到自己的家的。

第二天清早，母亲打来电话："怎么样了啊，林子？"我的酒早就醒了，忙着对母亲说着对不起："妈，明天我回来请您上餐馆吃饭。"

"昨天不是吃了吗？"母亲笑着说。我这才想起昨天是在请母亲上餐馆吃饭。娟子在一旁听了，也责怪说："你呀，请母亲上餐馆是让母亲受罪哩。母亲上餐馆，时时都为我们想着，我看，几时将她老人家请到我们家里来，你和我来做一桌子菜，让老人家尝尝才是最好的。"

是的，天下只有母亲好啊。天底下和我的母亲一样生活着的母亲们或许都是不愿上餐馆吃饭的，因为，她将她上餐馆吃饭的任务交给了她最亲爱的儿子了。我在心里自个儿笑着说。几时，我能给我亲爱的母亲真正地献上一桌美味佳肴哟？

指甲上的爱

一个三十多岁的大男人，拇指指甲留得长长的。有不少人就不明白，为什么其余四指指甲都剪去，只留下长长的拇指指甲呢？况且，按一般人的想法，既然是留长指甲，就得修饰修饰，比方涂点个性化的色彩或者修剪成个性化的形状。但这三十多岁的大男人也还没有步入"小资"行列，他只是一般的职员，这样看来，他留长指甲并不是为了所谓的"美"了。

或许你这只是一种生活习惯吧？有人就这样猜测着对男人说。

噢，是说这留下来的拇指指甲吗？男人笑了笑，说，我是留着每天为我家里的小女儿挠痒的，小女儿皮肤不是很好，也常遭蚊虫的叮咬，有小泡泡般的突起，那时，我用这长指甲一掐，一切问题都解决了。

小女儿最喜欢我的这对拇指指甲哩。男人又自豪地加了一句。

我不知道男人家中的小女儿长得什么样，大眼睛或是小鼻子，但我知道，男人家中的小女儿是幸福的，因为她拥有一份浓浓的指甲上的爱。

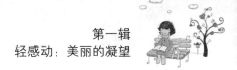

每天六点半

酒桌上，朋友们喝酒正酣。离六点半只有几分钟时，他起身告辞："各位朋友，失陪了，我还有事。"说完，径自骑车回家。到家时，六点半。

每天六点半，不管他在哪儿，也不管他在做着什么事，他都准时赶回家。

每天的六点半，他已经过了10年时间3600多个每天的六点半。

每天六点半时，他回家只是做一件事：陪他患了老年痴呆症的母亲吃晚饭。回家的路上，他总在想着母亲那种期待的眼神，眼神里等着她亲爱的儿子快快归来。

他也不知道，他还要走过多少个六点半。但是他，心甘情愿！他在心里对母亲说："前半生我无缘陪你，后半生我将奉陪到底。"平淡中让人感动，从容里令人肃然。

他，只是如你我一般的朝九晚五的上班族；他，只是他母亲的一个儿子。

只是每天的六点半，足以让为人父母者幸福久久；只是每天的6点半，足以让为人子女者快乐长长。在深沉的父母子女之爱里呀，是没有惊天动地的豪言，也没有气壮山河的壮举的；有的只是一份平淡，一份从容，一份你我的依恋，一份你我的感动。

人间七月半

赤日炎炎的夏日里，是会遇见七月半的。

七月半，农历七月里月亮最圆的一天。生活中正忙碌着的我们，应该会停下自己的脚步，因为，这一天是要想起自己逝去的亲人的。小时候，就有年长的人告诉我们说：这是逝去的爷爷奶奶在过年哩。就有小伙伴们叫起来：这一天是"鬼节"。"鬼节"，就是鬼的春节了。但即使是年幼的我们，对"鬼节"也并不害怕。因为这一天，是我们逝去的亲人们的节日。

我还只是读到小学二年级的时候，刚进七月，父亲就张罗开了："今年你来给爷爷奶奶写袱包吧。"第二天，父亲就上街买来了钱纸（专门做纸钱用的纸张），小心地裁成书本大小，整理成一小叠一小叠。然后，拿出纸戳（铁制的，一端有锋利的圆形小口，是做纸钱的工具），用根木棒敲打纸戳，一下一下地戳在一叠一叠的钱纸上。我呢，就在一旁将戳好的纸钱一张一张地撕开。父亲说，这就是爷爷奶奶们的钱了。我于是小心翼翼地撕，生怕撕破了，让爷爷奶奶不好用。有了纸钱，得包上封皮，像包新书一样，用钱纸做成的封皮将十来张纸钱包成一小包，这样就成了袱包。袱包是有数量的，父亲心中有数，会计划着写给逝去的亲人，谁几封谁又几封。

我不知道怎样写袱包，父亲就先写好影本，然后让我照着他写好的

袱包写。我的毛笔字也写得不够好，就想用圆珠笔来写。父亲说，圆珠笔写的爷爷他们看不懂，这下正好又可以练习毛笔字了。父亲是个教师，字写得好，当然不会放过训练我写字的机会了。袱包上是有人名的，我记得给爷爷奶奶写的袱包最多。父亲写：孝男均柏（父亲名）寄，故显考……中元，上奉袱钱二十八包。袱包反面是个大大的"封"字，当然只能是收信人收了。我最喜欢写这个"封"字，还像父亲一样写成草书的样子。父亲写什么，我就写什么，内容不懂，我就问。那时，才读二年级的我，就知道什么是"孝男"，什么是"故显考"，什么是"中元"，在伙伴面前也是一番炫耀。父亲说，明年就署上你的名吧，写"孝孙金虎寄"（"金虎"是我的小名）。我心里甭提多高兴了，爷爷奶奶在天有灵，知道他们的孙儿在给他们写袱包，送纸钱，他们肯定会保佑我们全家平安，保佑我学业有成的。后来的我，能读书走出去，应该和爷爷奶奶的保佑有关吧。

父亲有个哥哥，名叫明武，不到十岁就夭折了，父亲说："每年得为你明武伯写几封。"他就自己写起来，边写边对我讲他和明武伯的故事。同族的亲人中也有去世的，父亲也一一写来，写多写少由父亲决定。末了，父亲说，还得写两封。一封写给那些找不到家的孤魂野鬼，让他们也有钱用；一封写给"车夫"，爷爷奶奶这么多的钱了，不请车夫怎么行呢？

过了七月初十，到七月半之前，每天傍晚时分，就是烧纸钱的时候。这一天，家人得吃过晚饭，晚饭必须有煎冬瓜这碗菜。母亲说，冬瓜是逝去亲人们的美味佳肴。我当然相信这句话，烧纸钱的时候，我就会按母亲的吩咐，用只饭碗，盛半碗饭，夹上几块煎冬瓜，倒点茶，做成"水饭"，这是供给逝去的亲人们的。

烧纸钱的地点一般在自家房前。从谷草堆里拉过一大把干燥的谷草，垫在地上，然后在谷草上将袱包端端正正摆成方格形（这样便于燃烧）。先点燃零散的纸钱，再用燃烧的纸钱点燃袱包。烈火熊熊，父亲仍然担心那些袱包烧不过心（不能完全燃烧），拿了小树枝，轻轻地拨弄。端来做好的"水饭"，撒在钱堆的正前方。点燃三炷香，插在钱堆的正后方。在夏日的高温里，我们用我们的虔诚与逝去的亲人们对话。

接下来的几年里，每年七月半，我总会按父亲的要求写好袱包，我的毛笔字也大有长进。后来，渐渐长大的弟弟也参与进来了。我和弟弟读完了中学，每年七月半时，都实在抽不出空回老家，但我们知道，父亲仍然坚持着每年在写袱包。在城里读书的间隙，七月半的时节，我也见过人写袱包。那纸钱，已不是用纸戳戳成的，是买来的冥钞，用薄薄的纸封着；那封皮，居然有用钢笔或圆珠笔写成的；烧袱包的时候，没有摆成方格形，没有那"水饭"。我就怀疑，我们对亲人的思念之情能否送达呢？

袱包是我们写给逝去的亲人的书信，上面写着我们满满的思念。

七月半又到，日落时分，大街小巷，村村落落，青烟缭绕，纸钱飘飞，又是我们思念逝去的亲人的季节了。

我的丰盛餐桌

如今的我们，时不时地就会上酒店餐馆吃上一顿。吃大鱼大肉自然是不在话下，野味吃过，海鲜也尝过不少次，但给我们的感觉总是不满意。我们总是想起我们曾经拥有的那丰盛餐桌。

那时的厨房是简陋的。一口砖块砌成的灶，灶上一口大铁锅；一个简易的菜柜，几乎连柜门也没有；再就是一张四条腿的餐桌，没有漆过，看得见大大小小的缝隙。就在这样一张有着大大小小缝隙的桌子旁，常常洋溢着阵阵快乐。

最抢手的莫过于盐蛋了。家里是有母鸡的，母鸡下了蛋，多了，母亲就会拿出去换点零用钱。蛋不多的时候，母亲就做成了盐蛋。盐蛋有两种做法，一是直接用盐水浸泡，二是用稀泥糊在蛋的周围，蘸上盐，再在草灰里一滚。两种做法，都得过上一个多月时间才能吃。不然，时候不到，盐进不了，盐蛋很淡，是不好吃的。常常，母亲才开始做盐蛋，我们就想着那盐蛋的味儿了。好容易等到吃盐蛋的时候，我们早早地守在桌子旁，不吵不闹，等着母亲将煮熟的蛋发给我们。发给了我们，我们兄弟几个并不急着打开吃，总会拿出去走一圈，在小伙伴们面前炫耀一番。然后，等着看贪吃的小弟弟先打开蛋壳，自己再打开。吃，绝没有大快朵颐的情景。轻轻地在饭桌角敲碎蛋壳尖，再小心地用筷子尖慢慢地挖，挖出一小团，吃上一大口饭。一点也没有急躁的神色，等着小弟弟吃完了，我的还有一半。那又是一番炫耀。

　　隔段时间也会有吃肉吃鱼的时候。有时是父亲上街卖了点小东西，更多的时候是姑妈或者舅舅来，父亲会专门上一趟街，割肉买鱼。鱼买回来了，看母亲杀鱼，也成了我们欣赏的节目。母亲将鱼的内脏用刀给挖出来，有鱼鳔，我们就争着用小脚踩上一下，啪的一声响，我们就哈哈大笑起来。有肉，常常是和一些小菜和着煮，是绝对不会专门来一个炒肉丝的。比如来点肉丁，和着豆芽菜煨，才煨上几分钟，那香味，早已沁人心脾了。上了餐桌，我们的一双筷子，就如鱼鹰寻鱼一样寻找着肉丁，找着了，呵呵一声，进了自家的口中。也有嘴馋的小弟，找着了并不慌吃，存在自己的饭碗中，找得多了，再一一品味。当然，这个时候，父亲母亲是不和我们抢的。他们和我们抢着吃饭，说一声"快没饭了"，我们赶紧往嘴里扒饭，生怕吃饭输在自家兄弟手里。过了好多年，我们才知道，父亲母亲是想让我们多吃些饭，身体长结实一些。

　　过年了，母亲每年都会做上一顿丰盛的年夜饭。至少有十碗菜，母亲说是"十全十美"。哪知到了这个时候，真的是"年饱"，我们的吃兴全无，都想着去玩鞭炮了。看来，小孩子的心中，玩，真的是大于吃的啊。

　　也有吃得"丑"的时候。一些日子没有吃鱼肉了，我们心里就想着吃一点。母亲心细，早就买了些猪油，熬化了，冷却后盛在玻璃瓶里，凝成固体。这样，我们在吃饭的时候，想吃点肉，母亲就抱出猪油瓶，让我们撮上了筷子，迅速地在饭碗里搅拌几圈。猪油就又化在了一粒粒饭上。我们吃着，就觉得真是猪肉了。你想想，冬天的暖阳照着，饭碗里的猪油闪闪发亮，晒着暖阳，吃着猪油饭，真是一种享受！

　　但是，现在再也找不到那种吃猪油饭的美好感觉了。

第二辑

小情节：身边的天使

身边的天使

我的朋友凡国，是个成功人士，经营着一家电器商城，生意做得风生水起。

因为一个很隆重的庆典，我和他又聚到了一起。他是主要嘉宾之一，得上台发言。主席台上，音响设备出了点小故障，庆典时间推迟了一个小时。轮到了嘉宾发言时，不料却不见了凡国的身影。主办方很生气，他们没有想到，邀请的成功人士凡国先生也会在关键时刻缺席。我觉得凡国做得也有些过了，就给他发了短信：你一点诚信也没有，刚才为什么逃走？

他很快回了短信：我要去接我的天使。

我似乎懂了，很多的成功人士，是有自己的天使的。这些天使，都是些曼妙可人的女性。于是，我又玩笑似的回了短信：几时，让我们见识见识老兄的天使？

我以为这事儿就完了。不想，第二天是休息日，凡国给我打来了电话："来啊，见见我的天使，在天地酒楼。"我饶有兴致地前往，进到包间，看到了凡国，却没有看见什么天使，问："你的天使呢？"

凡国笑了笑，指了指他身边的小男孩："这就是我的天使啊。"

我仿佛受到了戏弄一样，回道："你怎么这样骗我呢？"

凡国却严肃了起来："这就是我的天使，我的儿子小天。"我看了看他身边的男孩，十一二岁，长得白白的，瘦，眼神也没有什么光泽。

凡国拉了拉男孩的手，说："叫叔叔。"男孩这才转过脸来正对着我，用低低的声音艰难地对我说了一声"叔……叔……好"。我忙着应道："小天好。"我发现这孩子的智力应该有问题。

我正想说话，凡国叫住了我："你一定想知道这孩子的情况吧？他还在他妈妈肚子里时，他妈妈出了车祸，为了保命，用了些药，医生建议不要孩子了，我和他妈妈还是坚持说生下来，所以孩子就有些智障。"

"那你为了小天，你的生活一定很累了。"我说。

"不是啊，"凡国倒高兴了，"我觉得，小天就是上天赐给我们最好的礼物啊，这也是为他取名'小天'的原因。小天，就是我们身边的天使。因为有他，我们多了好多的快乐。为了教他画画和跳舞，我学会了儿童画，也学会了兔子舞。还有，因为有他，让我学会了如何理智对待我的事业，如何温和对待我的员工。你看看，小天能做10以内的加减法了，来，小天，3加5等于几，说给叔叔听听。"

"等于……8。"小天跳起来回答。

我觉得我的心里一阵痛，但我压住了自己就要流出的眼泪，笑着摸了摸小天的头，说："小天真聪明。"

或许，磨难或痛苦，本身就是上天赐予我们带在身边的天使。

你自己交电费

房祖名是大明星成龙的儿子。

一天，成龙找来电工，将房祖名房间的电线给剪开了，单独安装了一块电表。他对房祖名说："你自己交电费吧。"房祖名一时想不通，家里当然不是没有钱，自己平时也不是太浪费电，为什么让自己交电费？他想问一问，还没开口，成龙又说了句："记住，进卫生间上大号的时候，用纸请不要超过三片。"房祖名真是哭笑不得，但也不好再说什么，也自然地点了点头。这下子，房祖名开始注意自己的生活小事了。在房间的时候，他想着不开那么多的电灯了，就是电视声音也不会调得那么大。得出门了，他得细心地将门窗关好，一一关掉自己房间的电器，然后出门。还有，上卫生间大号，果然用纸不再超过三片。

三个月后，房祖名像变了一个人似的，懂得了节约水电，知道了合理花钱。更让他觉得自豪的是，他找到了自立的感觉，有一种做男子汉的自尊和荣耀。

去超市购物，我买了个九元九角的笔记本，递过十元钱，我就要走。刚挪开步子，让女营业员给叫住了："先生，还得找您钱。"我摆了摆手："不要了。"但营业员还是走过来将一角钱递到了我手中。回家的路上，我想，应该收下这一角钱的，这是对人家营业员自尊的尊重。

在孟加拉，银行家穆罕默德·尤努斯开创和发展了"微额贷款"的服务，专门提供给因贫穷而无法获得传统银行贷款的创业者，让这些贫穷却还有劳动能力的人经营点小本生意。但这些贷款有一个条件，那就是到期了一定要归还。即使是遇上天灾人祸，也不能将这笔钱免除。这每笔钱其实不多，最少的只有25美分，银行家们是完全可以送给穷人们的。他们没有"送"，而是让穷人"还"，其实就是让经济上穷困的人找到属于自己的自尊。有了自尊，才有自信，才能自立。

伟大的自尊啊，其实也就藏在我们身边的一些小事之中。

没有心机的爱情

太尉郗鉴家的女儿成人了，太尉得为女儿挑选女婿。

他想应该门当户对，就对丞相王导说："你家族里年轻男儿多，我明天来挑女婿。"王丞相回家一说，未婚的子侄一个个兴奋不已，都希望成为太尉的乘龙快婿。他们有的去清洗自己的头发，有的换上了最新的衣裳，有的还准备了才艺表演。

第二天，太尉来到王府时，王家的男儿们有的一本正经端坐着，有的绘声绘色吟诵诗文，有的正挥毫展示着自己的书法。太尉转了一圈，指了指一个袒着肚子大口吃饭的年轻人说："就是他了。"

"他"，就是王羲之。

当时还没有丁点名气的王羲之成了太尉的女婿。有人问原因，太尉笑了笑说："他露着肚子在吃东西，根本不把这个消息当成一回事，这样没有心机，肯定是佳婿了……"

王羲之的爱情，是一份没有心机的爱情。

常常看到谁追谁追得天翻地覆，谁寻谁寻遍天涯海角，谁爱谁爱到海枯石烂。这些爱情，或者是费尽心机，或者总有心机暗藏。这样的爱情，不是真正的爱情。

真正的爱情，是没有一丝心机的爱情。

得到一份没有心机的爱情，就得到了一份真正的幸福。

失手的扒王

十三岁的小扒手，给我讲了个故事。

"大家都没想到，扒王这次会失手。"小扒手满是遗憾地说。

我也就来了兴趣，问小扒手："扒王做了一辈子扒手，是这座小城里最早做这个行当的人，他已是扒子扒孙一大堆的人了，他怎么会失手呢？"

扒王是在546路公共汽车上失手的。本来扒王已经一年多没有上车了，那天他分配好任务后，觉得手痒，就想要找点活计，于是上了546路车。凭着多年的经验，扒王一上车，就知道哪个乘客身上有货。那口袋里鼓鼓的，一定不是现金；那眼睛东瞅西看的，手中一定没有多少钱；不出声不出气却很警觉还带着小包的，当然就有"大货"了。扒王嗅到这趟车上的乘客中，身上有几百元的居多，千元以上的只有三位。三位千元客中，有两个是女人，另一个是四十多岁的男子。扒王当然不想找那两个女人麻烦，做扒手也得做得有水平，这也是挑战自己。当年那诸葛亮不遇到司马懿，斗得还有什么意思呢？扒王将目标定在了四十多岁的男子身上。

扒王慢慢向男子靠近。扒王的眼睛朝着车窗外，两根手指头却暗暗向男子的包接近。男子浑然不觉，有一句无一句地和身边的女人搭着腔。

如毒蛇捕捉猎物一般，迅雷不及掩耳，扒王轻易得手。一包钱！用一张晚报包着。

扒王回到住处的时候，那些得了任务的扒子扒孙们还没有回来。他小心地打开了那包钱。很快，他又将那包钱包好，迅速地向外跑去。他拦了一辆的士，叫司机拼命向着546路车追。追了二十多分钟，扒王又上了546路公共汽车。还好，那个四十多岁的男子还在，扒王长长地吁了一口气。扒王又慢慢地向男子靠拢，他想着将这包钱还给这个男子。男子的上衣口袋是开着的，扒王用两根手指头将那包钱迅速塞了进去。但就在这当儿，一双有力的手如老虎钳般钳住了扒王的手腕。

"就这样，我们敬爱的扒王失手了。"小扒手悠悠地说。

"那他为什么要将那包钱还给男子？说不定不是一包钱吧？"我问。

"这个原因我也说不上来，我只觉得扒王有些傻啊，钱到手就到手了，怎么还给还回去呢？你说说，就是你也不会还回去吧。后来清点了的，那张晚报里包的钱有两万多元哩。不过有些不同。"说到这里，小扒手顿了一下。

"什么不同？"我问。

"那两万多元钱，只有三张百元大钞，其余的全是零钱，十元的最多，还有五元的，两元一元的，五毛的都有。另外，就是还有十多张医院的化验单和结算单，病人是个六十多岁的老太婆，得的是白血病。"

"这下你知道你们的扒王为什么要将那包钱还回去了吧？"我又说。

小扒手用力地摇了摇头，说："不知道，但我知道，我们扒王的母亲就是上半年去世的，六十多岁，得的也是白血病。"

"你的母亲在哪儿？"我问。

小扒手想了想说："我的母亲在乡下，我听说，她每天都在找我，可我不想回去。"

"你想母亲吗？"

"想！"小扒手清脆地回答。

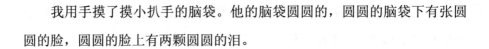

我用手摸了摸小扒手的脑袋。他的脑袋圆圆的，圆圆的脑袋下有张圆圆的脸，圆圆的脸上有两颗圆圆的泪。

布　鞋

匡老太爷有个特点，那就是特别钟情于布鞋。

几十年前匡老太爷还被人叫着旺娃子的时候，他家里穷，裤子都没得穿，平常时候就只得赤脚了。只有到了严寒的冬日，母亲才拿出双能露出脚趾头的布鞋，给他哆嗦着的一双脚套上。那个年月，真正拥有一双温暖的布鞋，成了匡旺娃最奢侈的渴望。后来，进了部队，上面发鞋，有军用鞋，也有布鞋。匡旺娃最喜欢布鞋，除了部队训练和执行任务外，他都穿着双圆头布鞋。转业到地方教育局，第二年人家给他介绍了个女朋友，匡旺娃第一句话就问："会做布鞋吗？"女孩点了点头。一点头就成了今天的匡大妈。几年后，匡旺娃成了匡局长的时候，他还是喜欢布鞋，尤其是那种黑色的圆头布鞋。除了上级领导来教育局，其他时候他总穿着双圆头布鞋。每年，他都会让匡大妈给他做一双新布鞋，这成了家里不成文的规定。接着有了儿子匡为民，他一句话批示：按我的规定执行。这样，得穿布鞋也成了儿子匡为民必须做的事。匡为民读大学时，仍然穿着一双布鞋上课。他的一双布鞋成了大学校园里一个独特风景。儿子参加工作谈了女朋友，老匡递过去一句话："她会穿布鞋吗？"有了孙子匡小丁，老匡又说："得让兔崽子穿布鞋。"于是每年必须给每人做一双布鞋，成了匡大妈的首要任务。先前，老两口和儿子三口之家一起住，匡老太爷在家里发

话："回家就换布鞋吧，穿布鞋比穿皮鞋好。"后来儿子工作的财政局分了房子，分开住了，匡老太爷拉住儿子匡为民的手说："你们三人回我这儿时最好穿布鞋。"

六年前，做教育局局长做了二十多年的匡老太爷退休了。退休后的第一句是："我可以天天穿布鞋了。"三年前，儿子匡为民成了财政局局长，在儿子走马上任的第一天，匡老太爷向儿子办公室打进了第一个电话："要记得穿布鞋，至少下班后在家里得穿……"

可是，在上个月，一向不生气、不发脾气的匡老太爷居然生气了，居然大发雷霆了。生气、发脾气的原因当然与布鞋有关。已经快半年了，儿子一家从没来这儿看看匡老太爷。老太爷叫上匡大妈去了儿子家，只有孙子小丁一人在家。匡老太爷一进儿子家门，急忙找布鞋，准备对儿子一家穿布鞋这一工作的情况进行检查。可鞋架上居然没有一双布鞋。孙子小丁对着储藏室努了努嘴，老太爷打开储藏室，看到了满地的名贵烟酒。同时，在角落里，看到了匡大妈亲手做的十多双布鞋，都布满了灰尘，用手一拍，全是崭新的。

一生气一发脾气，匡老太爷就病倒了。从儿子家回来的那晚，他就倒在了床上。匡大妈劝他去看医生，他不去。儿子匡为民开着小车来准备送老太爷去医院，被老太爷骂了回去。

上周一，匡为民刚上班，就被检察院反贪局工作人员带走了。听到这一消息，匡老太爷如服了灵丹妙药一般，从床上起来了，精神焕发。昨天，匡老太爷去看守所探望儿子，托人带进去一小包东西，儿子匡为民打开一看——一双布鞋。

儿子泪流满面。

最美的广告

李二林在城东开了家小餐馆，名字叫作"都来餐馆"。开业一个多月了，还没多少顾客。可是，这几天好像出鬼一样，来到这都来餐馆吃饭的人是一天比一天多。来他这儿吃饭的人都笑呵呵的，时不时地朝老板李二林看上一眼，有的还会问上一句："老板，你真的是李二林吧？"

李二林就笑："我怎么不是李二林呢？开餐馆的李二林，三十多岁了还没找老婆的李二林，一人吃饱全家不饿的李二林，如假包换。"说着，哈哈大笑起来。

李二林也就想，大概是我的餐馆名字起得好：都来。都来，也就是都来啊。还是老同学杨涛会想，当初起名时杨涛想过好多好听的名字，都让李二林给否决了，就喜欢这"都来"两个字。又一桌子人吃完了，结账的人又问："你是老板李二林吧？"李二林忙不迭地点头。结账得263元，那3元的零头是可以不要的。但人家丢下了270元，说："不找了吧。谢谢你了。"听了这话，李二林就更纳闷儿了：零头不免去不说，还多给了几元钱，而且，还加上了句"谢谢"，应该我开餐馆的谢谢客人才是啊。

李二林真是一头雾水，恰好杨涛这时打来电话，李二林正想问他这个问题，不想杨涛倒先开了口："好个李二林，你这几天餐馆的生意一天比一天好吧？"李二林就说："是是，真不知是什么原因呢。"杨涛笑了笑，又说："你不知道是什么原因？你是狗子长角——装样（羊）吧。你

想想，你在上周六的时候做过什么没有？你现在的名气可大着哩。"杨涛没有多说，一说完就挂了电话。

上周六我做了什么啊？李二林就想。难道和这件事有关？

上周六一大早，李二林就骑着电动车往菜场赶，这是李二林每天必做的事。要是去迟了，是难买到新鲜的菜的。走到长青路口，见围了好大一群人，本来李二林是不想停下来的，但人太多，实在走不过去。他停好电动车，去看看到底发生了什么事儿。他挤过去一看，原来发生交通事故了，听说一个骑着摩托车的小伙子，将一个六七十岁的婆婆撞倒在地。骑着摩托车的小伙子一溜烟地跑了，丢下了被撞成重伤的老婆婆。身边围观的人真是不少，但就没有人将老婆婆送到医院。有人说："这谁来送哟，谁送了就是谁撞的，谁能说得清楚？"一个大个子就说："就是就是，上次我送过一次出车祸的人，人家非得说是我给撞的，我赔上了500元钱才平息……"

也有人打了110和120电话，但没有结果。一个中年妇女说："要是能联系上老婆婆的儿子该是多好啊。"李二林见了，叫过一辆的士，一把抱起老婆婆，将受伤的老婆婆送到了医院。旁边就有人说："这下好了，老婆婆的儿子来了。都不用担心了。"老婆婆已经昏迷了，李二林将她送到了人民医院急救室。医生抢救了三个多小时才将老婆婆从死亡线上拉回来。医生对李二林说："好小子，还是你做儿子的及时，要是迟来十分钟，你妈的命就没了……"李二林只是傻笑。醒过来的婆婆拉住李二林的手，眼里满是泪水。李二林问了她儿子的电话，想着要和她儿子联系，不想手机没带在身上，借了医生的手机，李二林和老婆婆的儿子联系上了。这时，李二林才想起自己要去买菜。不买菜，一天的生意可就完了。

李二林回到餐馆后，买菜，做菜，又开始忙乎着自己的餐馆生意了。

可是，这件事和我餐馆生意有联系吗？李二林还是想不通。

下午的时候，杨涛来了。杨涛不说话，只是打开自己随身带来的笔记本电脑，打开了一个网站。网页上有一行字：人肉搜索，救人不留名的义士……然后出现了一张照片。这照片李二林好像在哪儿见过，他又细细一看，照片上的人不正是自己吗？那场景，不就是上周六老婆婆被撞的现场吗？原来在他李二林抱起受伤的老婆婆的时候，有人用手机拍下了一张照片。接着就有很多网友的留言：

呵，原来那救人的小伙子不是老婆婆的儿子啊？

大伙看看照片，有没有谁认识这救人的小伙子啊？

在我记忆中，我好像在哪个餐馆见过。对了，城东的"都来"餐馆的小伙子就是这个样子吧。

我听人叫他李老板，他名字叫作李二林。

我们知道这事的人每个人都到"都来"餐馆去照顾李二林的生意吧。

这个主意好。

…………

李二林这下明白了，原来真是上周六的那件事的影响啊。他想了想，对杨涛说："你替我回个帖吧，就说，李二林不是救了个老婆婆，是救了个母亲。李二林觉得，天下母亲都是天下儿子的母亲，我们做儿子的是天下母亲的儿子……还有，在我十岁时，我的母亲就失踪了，我一直想找到自己的母亲……"

杨涛一边打字，一边觉得有泪水从眼中流出。

拿回一把伞

上周日，下着小雨，我和朋友们在一块儿聚餐。喝了白酒喝啤酒，杯盘狼藉之际，我们离开餐厅。

出门打的，上车走了十多分钟，朋友老张突然叫道："停车！"我们以为他要上厕所，就说："等一会儿吧，我们也想要上厕所。"谁知老张说："不是不是！我的一把伞忘记带回了，丢在了餐厅。我们能不能转回去拿回那把伞？"

我们就笑了起来："哈哈，一把伞？几块钱的事，你老张再买一把不就行了？"我们知道老张不差钱。

"那你这时候打的回转的钱也能买一把伞了。"我说。

"再买一把也不方便的。"老张说。

"那我将我的这把天堂牌子的伞送给你行了，就别回去了吧。"同行的大陈说。

"也不行的。"老张又说。

"那你一定是怕家中的老婆了？"我们起哄。

"更不是这样！只是一把伞，她能说我什么？"老张认真起来。

的士停了下来。老张下车，不等我们说什么，他又叫了辆车往回走了。我们中的几个人实在有事，没有时间同他一起回转，也就各自回家了。

第二天老张和我见面的时候，天仍下着雨。老张打着昨天他拿回的那把伞，对我说："我告诉你，其实我丢过十几把伞了。但这把伞我不能丢，这把伞是以前的同事大李送给我的。那时，他是我最好的朋友，现在他去了广东。每次打起这把伞，我就想起大李。"

我这才知道，老张拿回的不只是一把伞，而是朋友之间最真挚的情谊。

这样的一把伞，在我们的生活中，几乎每个人都会拥有。可是，又有几人能够珍惜呢？很多的时候，我们都会丢失这样的一把伞。

怀念一把伞，怀念朋友之间最真挚的情感。

心底，一轮满月升起

来小城工作快两年了，他觉得一点也不顺心。他工作总是那么努力，可还是得不到上司的赏识，有时还会受气。而爱情，似乎也离他越来越远，大学时相爱三年的女友也弃他而去。他，几乎一无所有……

又是一个月圆之夜，他依旧一个人孤守着二十多平方米的小屋，望着窗外，一轮明月已经升起，皎洁的月光撩人地洒在窗前。他的心似乎更加痛了，他憎恨这可爱的满月，他也恨家中常年脸朝黄土背朝天的父母：为什么你们没有权势，也没有钱？

他这两年一直没有回家，没有回到那个连车也开不进的小山村。他不想回去，他从那贫穷的山窝走了出来——全村也就他一个人走了出来，他就没想着再回去。他想着，拿起了白天老门卫递给他的信，一封来自那贫

穷山村的信。

　　这是谁写来的呢？爹是不会写字的呀。他想。

　　信封上的字歪歪扭扭，如几只蚂蚁般附在上边。大概是小学二年级学生的字吧。他拆开了信，百无聊赖地想。

　　"狗娃。"一张大大的白纸上就这两个字。

　　他分明听见的是爹在叫他，多么亲切！这声音似乎隔了一个世纪。

　　泪，落在了那张大大的白纸上。一颗一颗的泪，很大，很大，如窗外那轮满月般的白亮。而他更真切地感到，心底，有一轮满月升起！

　　他匆匆收拾行李。明晨，他要赶着早班车回家。

将过去穿成故事

　　女儿就要读高中了，很是懂事。一听到可以向灾区捐献衣物的消息，她高兴得跳了起来："我有很多哩，我有很多哩。"不一会儿，女儿搬出了大大的两包衣物。我和妻子就帮着她整理。女儿可大方了，将我花了八百多元给她买的一件羽绒衣，将她小姨从上海带回的围巾都给捐出来了。妻子见了，就说："呵，女儿真是大方，这羽绒衣虽说小了点儿，还是留着吧，你老爸买来时花了八百多元呢。"女儿不听："我已经穿不了了，捐给灾区，算是我的一份功劳吧。"我和妻子就不再说什么了。

　　可是奇怪的是，就在第二天，我和妻子在女儿房间发现了另外的几件衣服，小，也旧，放在她的衣柜里。妻子将一件最小的裙子抖了一下说：

"这件啊,是女儿三岁时穿的。""大概是她忘记捐这几件了吧。"我小声地说。

女儿放学的时候,妻子就问起了这事儿。女儿一笑,说:"是我有了点私心啊。"我和妻子不解地望着她,她又说:"这四件衣物啊,是我的过去,我要将这过去穿成美好的故事。"我和妻子就更不懂了。女儿就走近了,拿起了衣物说:"你们看,这件小碎花裙子是我三岁时穿的,那时我刚进幼儿园,我就是穿着这小碎花裙子跳《洋娃娃和小熊跳舞》这支舞的,这是我学会的第一个舞蹈。这件白衬衫,是我读小学三年级做少先队中队长时常穿的,那中队长的标志我还留着,不信,你们看看。"说着,她果真还拿出了个"二"字形中队长标志。

女儿将我们引进了回忆,我们来了兴趣。女儿又拿着一双破了洞的袜子说:"这是我调皮的记忆呢。十岁时,大冬天的,我用火柴烧袜子做试验,看能不能烧着,结果将袜子烧了个洞,也将我的脚烧得生疼。还有这件黑色的长裤,是我十四岁时穿的,我最喜欢,可惜的是我个子高了,裤子短了,不然,我还想穿哩。"

我们听着,仿佛看见一个小女孩一天一天地正在长大,三岁,八岁,十岁,十四岁。只是几件旧衣物,却被女儿穿成了一个个美好,成了一个美丽的故事。

可是生活中的我们,何曾将自己的过去穿成了故事呢?

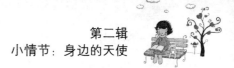

冬天河水不冷

在我家乡的村子，有一条小河。小河河水清澈，一年四季缓缓东流。村子里几十户人家，就靠着这条小河洗衣、淘米，幸福地生活着。在我的记忆里，小河从来没有干涸过，她就像一条神秘的天河，哺育了村子里一代又一代人。

我的家就在小河边，离河很近，不过五十多米。小时候的我很是调皮，常常半夜三更吵着要糖吃，常常在冬天的早晨想着要吃甘蔗。吃糖好说，母亲早就备好了糖，只等着我来要时，就拿了出来。冬天的早晨要吃甘蔗，可不好办了。但母亲从来没有拒绝过。我知道，我们家是有甘蔗的，母亲知道我爱吃，于是每年都会种上比别人家多一些的甘蔗。在深秋时节，母亲已经将它们捆好埋在了一个早已挖好的土坑里。土坑里埋甘蔗，确实是个好办法。便于保管，让它适时发芽；更利于保鲜，想吃，就去甘蔗坑里挖。常常还在挖的时候，我似乎就已经闻到甘蔗的香味儿了。

我嚷着要吃，母亲就忙着穿好棉衣，带上钉耙，去挖先前埋好的甘蔗。很多的时候，我也穿好衣服，跟在母亲后头跑。母亲用钉耙带出一根根甘蔗时，我就会蹦得老高。看到我蹦跳的样子，母亲也笑了。甘蔗上是有泥土的，这就要到小河边去洗。自然，我又会跟去。母亲穿着厚厚的棉衣走在前头，口里直呼着白气；我也穿得像个球似的走在后头，口中也呼着白气。偶尔，母亲也会停下来，看一看我，替我捏一下小手，让我的小手更暖和些。到了河边，母亲让我站好，她就下到河埠头，拿过甘蔗，一根一根地洗。她用手在水中细细地揉搓着青皮的甘蔗，不让一颗沙土沾在上面。这时，我总会问一句："妈，冬天的河水冷吗？"

"不冷啊。"母亲简短地回答着我的问话，不时回过头来对我笑一笑。

我就更高兴了，开心地为母亲唱起儿歌来。一会儿，甘蔗洗好了。母亲再用菜刀轻轻地将甘蔗皮削去一层，这是让我好拿在手中吃，免除了去皮的困难。

二十年后，我也有了自己的女儿。

今年春节，我们一家人回到老家过年。大年初三早上，五岁的女儿也嚷着要吃甘蔗。母亲要动身去甘蔗坑里挖，我说："就让我去吧。"母亲担心我不会挖，还是和我一道去。小女儿也屁颠屁颠地跟在后头。挖了甘蔗，祖孙三人一同到河边去洗。母亲要洗，我担心她的安全，坚持着我下到河埠头去。我接过甘蔗，将它放在河水中，就着河水，我用手开始洗甘蔗。还没碰到河水，我就觉得冷气逼人。手刚下到河里，真感到冰凉的河水冷得刺骨。看到我的样子，女儿就问我："爸爸，冬天的河水冷吗？"

我刚要说"怎么不冷呢？"这句话，又一惊，这不是我曾经多次问过我的母亲的一个问题吗？可是，为什么我的母亲每次都是笑着回答说"不冷啊"？我想了想，还是对着女儿笑着说："不冷啊。"

女儿笑着蹦得老高。一会儿，吃着甘蔗的女儿突然像受骗了似的问我："爸爸，你骗人，老师说了，冬天气温下降，好多的东西都会变冷，河水肯定是冰凉冰凉的……"我不知道怎么说才好，灵机一动，说："这是奶奶告诉爸爸的，是什么原因你去问奶奶吧。"母亲一笑，抱起了我五岁的女儿："小乖乖，你长大了就会知道……"女儿嘟起了小嘴："你们

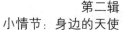

不告诉我啊，我过几天上学了再去问老师。"

我和母亲哈哈大笑起来。其实，我的心，又像被什么软软的东西刺了一下，感觉濡湿了好大一片。

想办法做点美丽的事

我的一个同学，男的，快四十岁了，在火车站做售票员。

上周我们聚会，我问他："你一个大男人，每天要面对成千上万的形形色色的人，售出一张又一张的车票，重复几乎是机械性的动作，应该觉得有些枯燥吧？"

他轻轻一笑，说："不啊，不是你们想象的那样，我觉得很有意思啊。"我不懂，他就继续说："你看啊，我面对不同的人，我其实是和不同的人在打交道，可以锻炼的我社交能力；我和不同的人说着不同的话语，又提高了我的口头表达能力。还有关键的一点……"他在我面前卖了关子。

我疑惑地望着他。他自豪地说："我售出的车票，好多都是有选择性的。"

"居然还能有选择性？"我反问。

"你看啊，我们售票员是能选择车票的，要是一位老大爷来，还带了沉重的行李，那我就可能在他的座位边售出一张年轻人坐的车票，最好是小伙子，他儿子一般大小的年龄。"他说。

我似乎明白了，说："就是说，关键时刻可以让小伙子帮一帮大爷，比如安放行李这样的事。那要是一位老奶奶，她的身边就可能是个年轻姑娘了吧？”

他笑了：“确实是这样，当然年轻小伙子也行啊。不过，有时年轻小伙子身边也可能是漂亮的姑娘啊。”

“原来你也在客串红娘的角色啊。有可能，这小伙子和姑娘就眉目传情，成了好夫妻了吧。”我恍然大悟。

他更高兴了：“是啊，据我暗地里调查，火车上结识后成了夫妻的人越来越多了，那里边的姓名，好些个是我售出的火车票。”

真是想不到，近四十岁的男售票员枯燥的售票生活居然可以做得这样有情趣。其实，生活中只要你留心，只要你用心，不管你从事什么样的工作，一定是可以想办法做点美丽的事情的。美丽他人，也美丽了自己。

半碗面条的施舍也高贵

和朋友一块儿吃早餐，一人叫了一碗面条。

面条上放了些牛肉，也洒了些佐料。我觉得味道不错，不一会儿就将面条吃了个精光。朋友说，他不习惯这面条上佐料的味道，匆匆地吃了一小半儿，就觉得吃不下去了。他得自己去将这剩下的半碗面条处理掉。

他端起装有面条的纸碗，将那双一次性筷子也斜插进了面条里，走到了不远处的马路边垃圾桶旁。可是，出乎意料的是，他并没有将半碗面条连着筷子扔进垃圾桶，而是小心地将纸碗放在了垃圾桶的旁边。离开时，他还有意识地朝前后左右看了看。

我就有些不解了，问他：“为什么不直接将半碗面条扔进垃圾桶？为

什么还有意识地朝前后左右看了看？"

他笑了笑说："那半碗面条，或许会有乞丐遇上，填一填肚子啊。我有意识地朝前后左右看了看，是看有没有乞丐，希望有乞丐能看到我放下的这半碗面条。当然，就是这里有乞丐，我也不会当面给他的，不然他没有面子的。"

"要是没有乞丐呢？"我又问。

"可能就留给了夜晚出来觅食的野狗和老鼠了吧。"他说。

"我还告诉你呢，我的身体棒棒的，没有任何传染病。"他又说。

在路上，我心里豁然开朗：是啊，这种半碗面条的施舍也高贵。朋友没有当面将半碗面条送到哪个乞丐手中，但如果有乞丐得到了这半碗面条，乞丐是幸运的，也是有尊严的。万一这半碗面条最终留给了夜晚出来觅食的野狗和老鼠，那它们也一定是快乐的。这半碗面条小小的施舍也高贵啊。想起那些腰缠万贯的富翁，又有多少人乐意地做着慈善事业呢？还有些人，做了慈善，又要大张旗鼓地宣传，似乎要让受施舍者表达感恩才肯罢休。比起这半碗面条，这种慈善又高贵多少呢？

那天下班回家，妻子正将家中有些破损的衣物和鞋子丢进垃圾桶。我叫住了她："你将衣物和鞋子整理一下，就放在垃圾桶旁边吧，或许有人用得着的。"

一捧新鲜

年近七旬的李老师，跟我动情地谈到他收到的一份礼物。

那时的李老师不过四十多岁，在一所乡镇初中代语文课，做班主任。

一个星期天的清晨，还有些薄雾，李老师起床刚洗漱完毕，有人敲开了他的门，门边探出一颗脑袋，脑袋上还裹着条毛巾。李老师一看，是个五十多岁的婆婆。婆婆先开口了："您是李老师不是？"

李老师点了点头："是啊，请问您有什么事啊？"

婆婆探进了身子，她身上围着件围裙，黑色的。她解开了围裙，对李老师说："谢谢您了，李老师，我家的孙子张天宇在您班上读书的。这是我在自家田地里摘的些豌豆巴果，刚刚长成的，给您尝尝鲜。"

"豌豆巴果"是句方言，是指刚长出的豌豆嫩果实。李老师一下子怔住了，这张天宇是去年从班上毕业的，成绩不怎么好，而且调皮。初中毕业后，就去了南方跟着爸妈打工了。

"天宇去他爸妈那儿，听话哩，一直说着您李老师的好……"婆婆又说。

李老师收下了婆婆围裙里的豌豆巴果。

"你为什么要收下婆婆的礼物呢？"我不解地问。

"这当然要收下了。"李老师对我说，"你知道，我是从来不收家长礼物的，但这礼物我得收下。这件礼物是最珍贵的礼物，孩子已经毕业了，还惦记着老师的好。礼物呢，是刚摘下的最新鲜的豌豆巴果，沾着露珠，这其实是对教师一种发自内心的最真诚的尊重啊。"

"那是一捧新鲜啊，不只是礼物呢。"李老师兴奋地说。

他又说，这一生中他也收到过亲朋好友的不少礼物，名贵的烟酒，购物卡，甚至更珍贵的钱物。可是，他觉得，这些钱物，不是一种尊重与奖励，有时甚至是一种耻辱。这和那一捧新鲜可是没法比的啊。

什么时候，我们做教师的都能收到如"豌豆巴果"一般的礼物呢？那一捧新鲜，带着露珠，发自内心，满是尊重。

成熟的美丽

夕阳挂在天边，洒下几抹亮色。天，渐渐地暗了下来。

他，走在大街上，有事无事地踢一下脚下的小石子。他离开家已经三个多月了，他还没有找到自己想要的生活。身边走过一个又一个匆匆忙忙的人，有像他一样苦着脸的，也有微笑着的，他总是觉得一阵陌生。

一缕红色掠过他的眼前。

石榴！

他在心里喊。他不用细看，就知道那一定是石榴。他知道成熟的石榴皮色鲜红或粉红，闯入人的眼帘时，就像是一抹彩霞，或是一团火。那些石榴，常常会裂开，露出晶莹如宝石般的籽粒，酸甜多汁。

他的家乡，到处都种着石榴，每个人的每句话，都弥漫着石榴的味道。但是，他不喜欢石榴，不喜欢那种酸甜，只吃过一次，倒是全给吐了出来。

他停住了脚步。

"小伙子，来两个石榴吧，"挑着石榴担子的老汉开口了，"这石榴，作用可大了，酸酸甜甜的，营养丰富，维生素C含量比苹果、梨还要高出一二倍哩。"老汉五十多岁的样子，瘦黑的脸上满头大汗，汗水里流淌着笑。

他的目光盯在了那一个一个红红的石榴上，那露出的如宝石一样的籽粒，真像是一所小学校的孩子们，争相露出自己的一张张的小脸，煞是可爱。他用手捋了下有点散乱的头发，对着瘦黑老汉笑着说："但是，石榴吃多了会上火，并会让牙齿发黑啊。"

"那你来一个行不？吃了这一个啊，你的工作就有了着落，你的女朋友就会主动送进你的怀抱。"老汉也笑着说，"不贵不贵，只是一元钱一斤，都是自家田地产的哟。"

他的手伸进了装着石榴的筐子，一个，两个，三个。他一下子拿了三个，放在了老汉的秤盘里。瘦黑老汉呵呵地笑着，又从筐子里拿了三个，试了试秤，就用袋子给装了："小伙子，三斤四两，收你三元钱就行。"

他递过三元钱，接过了六个石榴。六个石榴紧紧地挨着，露着六张小脸样地笑着。

他走开，又回头，看了看瘦黑汉子。

瘦黑汉子正看着他，倒像盯贼一样，死死地。

"老黑啊，你刚才是不是称错了？"一旁卖苹果的中年妇女说，"六个，怎么只有三斤多一点啊？还有，石榴的价儿不是三元一斤吗？"

"呵呵，我就是想让这小子占点便宜。"瘦黑汉子回过神来笑着说，"我一看这小子，准还没找好工作，肯定还没女朋友，和我家的小子也差不离吧。我那小子，上半年就去了上海，打电话回来说，工作也没个影儿，唉……"

不远处，有人正在叫唤提着六个笑脸的他："怎么了，小王？工作不如意就想着买石榴来散心啊，你不是不吃石榴的吗？嘿，还一下子买了六个？"

卖苹果的妇女和瘦黑汉子一齐转过头，听到他一句轻轻的话语："不多啊，买了慢慢吃吧。我在想，我乡下的爹，也正吃力地挑着装满石榴的担子在大街小巷叫卖，他的脸也一定是黑黑的……"

妇女的话就多了："老黑，我考考你，石榴还有个好听的名字，你知道叫什么吗？"

瘦黑汉子摇了摇头。

"成熟的美丽。"妇女得意地大声说道。

寻找失主

郑直这几天头顶总飘着块乌云似的，一直愁眉苦脸。

他在毛巾厂上班，自己每月的工资虽然没少一分，但是工资是眉毛物价是头发，头发像野草一样疯长，眉毛总是纹丝不动。老婆娟子的小吃摊前几天让城管给收了，正想法托人去将摊车要回来。收入少多了，他不得不叮嘱娟子每天买菜时得细细问问价，要不，就每天下午去买菜，也许还能捡到那不用掏钱的青菜，或许还有活蹦乱跳的几条小泥鳅。

儿子小天说，学校又得交补课费了，每人每月三百元。不然，就得坐到教室最后一排去。

乡下的父亲来电话说，母亲的高血压病又犯得厉害，说不定得住院了。

生活就是副重担，重重地压在郑直并不高大的身躯上。

但不走运的郑直偏偏幸运了一回，他捡到了一个钱包。

就在昨天下班回家的时候，他步行经过民主路口，一个钱包张着大口对着前行的郑直。路过的人一个又一个，像没看见一样。郑直捡起了它。他还在那儿站了站，喊了几声："谁的钱包？谁的钱包？"可是，除了几个人像看外星人一样，或者像看骗子一样，看了他几眼，没有谁理会他。

他将钱包放进了自己的口袋，回到了家。

娟子刚从菜场回来，正在择菜。青菜的黄叶不多，见了郑直，娟子很高兴地打招呼："回来了，一会儿就吃饭了。"儿子小天正在做作业，聚精会神。

郑直没有接上娟子的话，却将娟子拉进房间，神秘地拿出了那个钱包："娟子，你看，我刚才捡到一个钱包。"说着就打开了钱包。他一张一张地数着百元钞票，娟子也一张一张地随着数着数目。

有十八张百元的，还有几张十元、一元的。一共是一千八百四十三元钱。还有一张身份证，两张银行卡。

娟子兴奋不已："我们家的郑直啊，也有这样的好机会，这下好了，小天的补课费明天就能交上了……"

郑直也激动，心想，银行卡上的钱不可能取得出，但那一千八百多元钱已是不少了。这下也能为母亲买点好一些的治高血压的药了。还有，这些天，家中的生活也能改善改善了。

"可是，这钱，我们能用吗？"郑直在口中呢喃着，声音很小。但老婆娟子还是听到了。娟子一向都是听郑直的话的。她也就想：这钱，我们能用吗？

夫妻两个就都不作声了。

娟子看那张身份证，身份证上的人名和地址写得清清楚楚：李大林……长江路98号。

好一会儿，还是郑直先说："明天，我们将钱还给人家吧。"

第二天，郑直得上中班，中午十二点接班，那得在十二点之前将钱包归还给李大林。郑直不知道长江路在哪儿，就问了问邻居，邻居想了想说："应该在城东工业园那儿吧。我们这是城西，得打的去才好，坐公共汽车得两个多小时哩。"

郑直起了个大早，匆匆吃了两个馒头就上了公共汽车。他当然不会去打的，那得一百多元哩。公共汽车上的人照样很多，郑直将李大林的钱包紧紧地揣在怀中。他转了三次车，才到了长江路。他下了车。

长江路98号，他一路走着，数着门牌号。这条路上大多是大公司、大工厂，比他住的城西那一块气派多了。郑直也顾不上看东看西，他一心只想着将钱包迅速归还后再去接班。

终于到了98号，是一家大公司，瑞生生物科技。门口有两个保安站岗，郑直走过去，保安就叫道："做什么啊？"郑直就说："我找李大林。"

保安仔细看了他几眼，说："你找他做什么？"

"我捡到了他的钱包，想还给他。"郑直说。

听了这话，保安拿出了登记本，让郑直登记，说："他在办公大楼八楼，你去找吧。"

好不容易到了办公大楼八楼，郑直又让人拦住了："请问你来这儿，有事吗？"是一个漂亮的女秘书。

"我想找一下李大林。"郑直说。

"你和他有预约吗？"女秘书又问。

"是这样的，我昨天捡到了李大林的钱包，今天想来还给他。"郑直又说。

"那请你等一等，前边已经有三个人预约了。"女秘书说着，头也不回地走了。

郑直看了看时间，现在是9点20分，要是半小时后还不能往回赶的话，上班就得迟到了。他就又想到找一找那女秘书，让她给说一说，可是哪里还有她的人影？

9点45分，女秘书探出了美丽的脑袋："李总说，让你进来。"

郑直看了看办公室的标牌，是"董事长办公室"几个字。他走进去，一个男子正在拨打着电话。办公室里富丽堂皇的装潢，郑直只在电视剧上见过。

"我要找李大林。"郑直对着不停地打着电话的男子说。

男子这才停下来，说："我就是李大林。"

"是这样，李大林，我昨天在民主路口捡到了你的钱包，里面有一千八百四十三元钱，一张身份证，两张银行卡。现在，我归还给你。"郑直说。郑直其实早已将身份证上的照片样子记住了，看来这个李大林是没有错的。

"好的，好的。"男子说。

"里面有一千八百四十三元钱，一张身份证，两张银行卡。请你清点一下。"郑直又说。

"那……你放在办公桌上吧。"男子说着，用手指了指他不远处的一张桌子。一个电话打进来，男子又拿起了电话。

放下钱包，郑直大踏步迈出了董事长办公室。

他在长江路口等公共汽车。这时候回去，上班应该不会迟到。

他望了望天，没有一丝风。天边不远处的一大块乌云，好像就要压向他的头顶。

董憨巴

董憨巴，董憨巴……

放学的小孩子们见了他就喊。憨巴是个方言词，是骂人的话，称一个人弱智的时候才这样叫。

但他知道自己叫董憨巴。当然，他不知道"憨巴"是什么意思。有人叫他"憨巴"的时候，他总是"哎，哎"个不停。他似乎没有名字，我很小的时候就认识他，但从来没有见人喊过他的名字。他似乎没有父亲，我

们只知道他有一个母亲。我们放学的时候，常常看见董憨巴坐在一个小凳上，端端正正的，他的母亲在给他洗头。

小镇上的人几乎都认识董憨巴，因为他会挑水。

20世纪70年代，小镇还没有自来水，仅有的一条河，河水只能做洗涤之用。饮用水得去挑。小镇靠近长江，翻过两道堤，就是长江。长江在这儿拐了道弯儿，弯成了渊，名西门渊。有了西门渊，长江的水就清澈起来。小镇人想吃长江水，就请董憨巴来挑，有价钱，一分钱一担。

几乎我们每次看见董憨巴的时候，一定会最先看见他肩上的扁担。那扁担，就像是钉在了董憨巴的肩膀上，从来没有卸下来。有哪家要水吃了，就大声地叫一下："董憨巴，来担水。"董憨巴也不应一声，十多分钟后，一担清澈见底的水就进了家门。主人就会递过一分钱："拿好了啊，董憨巴。过几天让你娘给你娶媳妇。"

"娶媳妇做甚？她要吃饭，没有饭吃。"董憨巴总是瓮声瓮气地来上一句。

"有了媳妇就有了儿子了，你不要儿子？"就有人接着问。

"我就是儿子，我就是我娘的儿子。"董憨巴的声音大了一些。主人就不再理会他了。他就会又寻找下一个挑水的人家。

好多的时候，董憨巴挑着一担水，也会唱起娘教他的歌儿。歌声也是瓮声瓮气的，就随着他肩头的水荡漾开来：

西门渊的好江水，

清亮又甜美，

买了我的水，

做饭做菜好滋味……

董憨巴一遍一遍地唱，有时还唱出了调儿，那是董憨巴高兴的时候。要是想起了他嫁到农村去的妹妹，他的调子就低沉得多："董憨巴的妹妹下农村，我就挑水谋日生……"唱着唱着，却没有了歌声，传出了哭声。

这时候，人们再喊他去挑水，他是绝对不会答应的。镇东头的杀猪佬拿出一角钱来请他去挑担水来，他将那一角钱撕了个满天飞。

有时，也有人家请他挑了水却不给钱的。董憨巴也不气恼，只是问："一分钱也没有？真的一分钱也没有？那明天吧，明天会有一分钱吧？"可是到了第二天，他却将这事忘了个干净，也就不会向人讨要那一分钱的水钱了。

也有顽皮的孩子逗他，在他刚挑来的清水里吐上一口唾沫，然后说："董憨巴，你的水脏了，不能吃，得倒掉。"

"真的？得倒掉？"他就会问。

孩子们就又说："真的，得倒掉。"

他就又问："真的？得倒掉？"

孩子们就一齐说："真的，得倒掉。"

这时候，董憨巴才舍不得地倒掉桶中的清水，又向长江边走去。就有大人从屋子里冲出来，向逗他的孩子训斥："你们这些小砍头的，怎么又在欺侮人家董憨巴，看我不打你才怪。"听了这话，董憨巴就会又折回身来，跑过来用自己的身体挡住正在发怒的大人："伯伯，伯伯，打不得的，打不得的。"他称呼所有的成年人为"伯伯"。

没有谁知道，董憨巴挑断了多少根扁担。

小镇人家，几乎每家都吃过董憨巴挑来的长江水。

后来我上了大学，参加了工作，回到小镇的时候，仍然见到董憨巴。这时候他已经六十多岁了，不能挑水了；镇上也有了自来水。他娘替他买了铁锹，让他背着走街串巷地去卖。他手中也拿着一把铁锹，一边走，一边收拾着地上的垃圾。

他的背，已经开始弯曲，像只老虾一样了。但他的身上很是干净；走过他家门口时，我看到六十多岁的他，仍坐在一个小木凳上，他八十多岁的娘在替他梳理着头发。他见了我们，呵呵地笑着，满脸的慈祥。

他的母亲，九十三岁去世。他趴在母亲的棺木上，不让下葬。几天后，镇福利院收留了他。又过了二十多天，七十多岁的董憨巴也闭上了双眼，随他娘一起去了。他身上的衣裳有些旧，但是穿戴得整整齐齐。

　　他的葬礼很热闹，很多熟识或不熟识的人都去为他送葬。

　　好多年过去了，镇上的人们将自己的很多老朋友都忘却了，但过上些时日，总会唠上一句：董憨巴，董憨巴……

半双鞋

　　不大的鞋店里，样品鞋摆放得井井有条。

　　各种鞋分了类，儿童鞋、青年鞋、老人鞋，各有特色。老板是个四十多岁的男子，店员是个才二十岁的姑娘。

　　周末人多，关店时盘存，姑娘发现老人鞋区少了双鞋，准确地说，是少了一只鞋，因为样品鞋只是摆放了一只的。那鞋是刚到的货，黑色的面料上绣着金色的菊花，简洁、大方，销得正旺。

　　"不知是哪个没良心的，偷去了哩。"姑娘对老板说。

　　老板听了，不出声。

　　"肯定是那老太婆，来来回回地在那儿走了好几趟。"姑娘又说。

　　"你肯定是她？那个老太婆？"老板反问。

　　"也不肯定。"姑娘又摇头，"也有年轻人从那走过了的。"

　　老板又不出声了。

　　"要不，您从我工资里扣就行了。"姑娘怕丢了自己的工作，小声地说。

老板没有回答，只是说："这样，你将那双鞋剩下的一只再摆在原地方吧。"姑娘想了想，就佩服老板了，这另一只鞋不是钓饵吗？定会钓来那贼的。

姑娘一直盯着那只鞋，盼着那贼来。可这几天生意好，一直忙着招呼客人，一眨眼，那鞋又不见了。姑娘吓得不轻，要是真从她工资里扣这双鞋的钱，那这个月工资就少了一半了。

姑娘正想对老板说说鞋的事，老板先开口了："是不是另外那只鞋也不见了？"

姑娘只是点头。老板却笑了："算了吧，我知道另外那只鞋会有人拿走的。你想想，这老人鞋，要是有人来偷，那肯定是有原因的，要么是老年人太喜爱了，可手中拮据，要么是做子女的想要尽孝，却舍不得花点钱。你说，既然已经拿走了一只，那剩下的一只我还留着有什么用呢？"

姑娘明白了，那剩下的一只鞋，是老板故意让人给拿走的啊。

三年后，姑娘也开了家鞋店。十年后，姑娘的鞋店成了省内外有名的连锁鞋店。她鞋店的标志，是只老人鞋，那只老人鞋，黑色的面料上绣着金色的菊花。那菊花，一年四季，都艳艳地开着。

第三辑

微故事：最美的礼物

父亲的爱里有片海

　　我从海边回到"金海岸"小屋的时候，已经是下午五点多钟。我是从海边回来的最后一拨人，其实昨天我就可以回来的，要不是为了多拍几张"海韵"图片，回去让我还没见过海的学生们长长眼，我才不会在这海边多待一会儿呢。从前天开始，广播、电视、报纸等各媒体就发布消息，大后天将会有台风登陆。昨天就有大半游玩的人返回了市区，今天只剩下小半游人，而且所有剩下的游人都手忙脚乱地在"金海岸"小屋收拾着行李，准备马上离开。

　　"金海岸"小屋是个前后左右上下六面都用厚铁皮包成的小屋子，只在朝海的那面开了个小门。这也许是经历风暴者对小屋的最佳设计吧。小屋里有些简单的生活设施，可以供人们将就用着。这小屋挺有特色，前天我专门为它拍了几张特写照片呢。这小屋离海边最近，到海边游玩的人们常在这儿歇会儿脚。说它最近，其实走到海边也是要一个多小时的。

　　天，总是阴沉着脸，像要随时发怒似的。要不是"金海岸"的小老板响着一台收音机，这"金海岸"早就没有了一丝活力。要在旅游旺季，"金海岸"屋里屋外人山人海，比繁华的市区也毫不逊色。

　　"这铁板做成的金海岸也不是金海岸了，大家快收拾东西到市中心去，躲进厚实的宾馆里去吧。"那小老板不停地大声叫着。

　　人们各顾各收着东西，少有人说话。我的东西很少，早已收拾停当。

忽然，我看见两个人，约莫是父子二人，父亲有四十岁的样子，儿子不过十来岁。父子俩一动不动，孩子无力地倚在大人身边。父亲提着个纸袋子，好像只有条毛巾和一个瓶子。可是，他们一点也不惊慌，仿佛明天就要到来的台风与他们毫无关系。

"父子俩吧？"我走过去，搭了搭腔，那父亲模样的人点了点头，算是回答。

"收拾收拾，我们一起走吧。"我是耐不住寂寞的一个人，又说。

父子俩没有作声，那位父亲对我笑了笑，却没有回答。我想他们是对我还有一种戒备心理吧。

"您说，明天真的有台风？"一会儿，倒是那父亲盯着我问。我重重地点了点头。他的脸上爬上了失望的神色。

还有一个多小时公共汽车才来接我们回市区，人们都拿出早就准备好的食物来对付早已咕咕叫的肚子。我也拿出了我的食物，一只全鸡，一袋饼干，两罐啤酒。

"一起吃吧。"我对他们两人说。

"不了。吃过了。"那父亲说，说着扬了扬他那纸袋子里的瓶子。是一瓶榨菜，吃得还有一小半。

我开始吃鸡腿，那父亲转过头去看远处的人们，儿子的喉结却开始不停地蠕动，吞着唾沫。我这才仔细地看清孩子，瘦，瘦得皮包骨头一样，偎在父亲身旁，远看就像是只猴子。我知道孩子肯定是饿了，撕了一只鸡腿，递给了孩子。父亲忙转过脸来对我说了声谢谢，我又递过一只鸡翅给那父亲，父亲这才不好意思地接在手里。等到儿子吃完了鸡腿，父亲又将鸡翅递给儿子。儿子没有说话，接过鸡翅往父亲嘴里送。父亲舔了下，算是吃了一口，儿子这才放心地去吃。

我忙又递给孩子父亲几块饼干，说："吃吧，不吃身体会垮掉的。"

父亲这才把饼干放进嘴里，满怀感激地看着我，开口了，又问："您说，明天真的会有台风？""是的呀，前天开始广播、电视和报纸就在说，你不知道？"我说。父亲不再作声了，脸上失望的阴云更浓了。

"你不想返回去了？"我问。

父亲长长地叹了一口气，说："还怎么能回去呀？"他的眼角，有几颗清泪溢出。

"怎么了？"

"孩子最喜欢海，孩子要看海呀。"他拭去了眼角的泪，生怕我看见似的。

"这有什么问题？以后还可以来的。"我安慰说。

"您不知道，"父亲对我说，"这孩子今年十六岁了，看上去只有十岁吧，他就是十岁那年检查出来得了白血病的。六年了，前两年我和他妈妈还四处借钱为他化疗，维持孩子的生命。可是，一个乡下人，又有多大的来路呢？该借的地方都借了，再也借不到钱了，只能让孩子就这样拖着。前年，他妈妈说出去打工挣钱为他治疗，可到现在都没有了下落。孩子就这样跟着我，我和他都知道，我们在一起的时日不会很长了。孩子就对我说，爸，我想去看看大海。父子的心是相连的。我感觉，孩子也就在这两天离开我，我卖掉了家里的最后一点东西，凑了点路费，坐火车来到这座城市，又到了这海边小屋子，眼看就能看到海，满足孩子的心愿了，可是，可是……"父亲哭了起来，低沉的声音。

"不管怎样，还是先返回去再说吧。"我劝道。

"不，我一定要让孩子看到海。"父亲坚定地说。

接游客的汽车来了，游人们争着上了汽车。我忙着去拉父子俩。父亲口里连声说着"谢谢"，却紧紧搂着儿子，一动不动。但是我不得不走。我递给那父亲300元钱后，在汽车开动的刹那我也上了汽车。因为我想也许还有一班车，他们还能坐那班车返回。到了市区，我问起司机，司机说这就是最后一班车了。我后悔起来，真该强迫父子俩上车返回的。但又想起父亲脸上的神情，我想那也是徒劳。给了300元钱，似乎心安理得了些，但那300元钱对于他们又有什么用呢？

当晚，我在宾馆的房间里坐卧不安，看着电视，我唯有祈祷：明天的风暴迟些来吧。

然而，水火总是无情的。第二天，风暴如期而至，听着房间外呼啸的风声，夹杂着树木的倒地声。我心里冷得厉害，总是惦着那父子俩。台风过后，我要回到我的小城去上班了。回城之前，我查询到了"金海岸"小屋的电话号码，我想知道那父子俩到底怎么样了。到下午的时候，电话才接通。"金海岸"的小老板还记得我。我问起那父子，小老板说："我也是刚回到小屋，那父亲我前一会儿还看见了的。"我的心放松了些。他又说："听那父亲说，风暴来的当天，父子俩还是去了海边，幸好及时地返回了我的金海岸小屋。我的天啊，这次的海水再暴涨一点，淹没我的小屋，那他还有命吗？就在台风来的时候，那瘦瘦的孩子永远地闭上了眼睛，躺在父亲的怀里，脸上漾着幸福的笑容……"

我拿着电话，怔怔地站着。窗外，云淡天高，暴风雨洗礼之后的天空竟是如此美丽！

刘家少爷

转眼，刘家少爷已是五十多岁的人了。

刘家少爷一出生就是当然的少爷，因为他出生时，他爸已是县里的副县长。刘副县长家的儿子，一上小学，自然就给冠上了"刘家少爷"的名号。我们和他同班，是"刘家少爷"名号的创始人。这个名号，硬是让我们几个小家伙喊开了。学校里，不用说同班的同学，就是外班比我们大或者比我们小的学生，也都叫他"刘家少爷"。学校的老师们，也叫他"刘家少爷"。六十多岁的老校长，见了他，也亲热地问候一句："刘家少爷，今日可吃得饱？"

他和我同学，一直到高中毕业。

我高中毕业上了大学，刘家少爷没能考上。他爸这时已是县委书记，托人找了所省城最好的大学，让刘家少爷去上。家里的行李也清点好了，门口的小车连门也打开了，就等着刘家少爷上车。可就是找不着人了。好不容易，他爸的秘书在照相馆门前找着了他。他连连摆手，说："不去不去，我才不去上那大学。要上，让我家老子去上得了。"

刘家少爷的手中，摆弄着一架刚买到手的"海鸥"牌照相机。他那时正跟人学着照相。

秘书向他家老子刘书记汇报，刘书记无可奈何，摆了摆手："算了，过段时间再说吧。"

刘书记成天地忙着，儿子刘家少爷也忙。他学会了照相，一架"海鸥"拿在手中，可以将自然界万事万物尽收眼中。看着儿子这样玩着，刘书记心想也不是事儿。刚好部队上招新兵，他直接对刘家少爷一说，刘家少爷居然答应试试看。一体检，完全合格。刘家少爷成了一名光荣的解放军战士。三年说快也快，刘家少爷退伍的时候，刘书记已成了邻市的市长。刘市长的精明下属，很自然地将刚退伍的刘家少爷安排到了市政府上班。

到市政府报到的那天，那些精明下属早已准备好了接风酒宴。不想，刘家少爷又缺席了。一打听，他清早就出发，去了京城，参加一个全国性的文学会议。刘市长这才让夫人清理了一下儿子的房间，这才知道刘家少爷的一篇小说已经得了全国二等奖。

不想到市政府上班，那你到哪儿上班？刘家少爷的母亲小心地问他。

"我想放电影。"他说。

于是，刘家少爷成了一名快乐的乡村放映员。常常，在乡间，他骑着辆破烂的"永久"自行车，后头驮着影片。他一边骑车，一边张开了嗓子嚷："电影来了，电影来了，今日是《地道战》和《铁道游击队》，加影片是《水稻种植》……"他的后边，跟着一群流着鼻涕的孩子们，欢呼雀跃着。

快乐的日子总是短暂，不久县里取消了乡村放映员。刘家少爷觉得没有意思，也不好向老爸老妈要钱，他就向他们请求说："老爸老妈，就按政策，让我转业到老家的县工商银行吧。"这样，刘家少爷正式成为县工商银行的一名职员。

我大学毕业后回到县一中教书。和刘家少爷同学，自然，和他的交往很多。

这时候，刘市长已成为市委书记。刘家少爷是名副其实的高干之子了。我们就为刘家少爷不平："你看你，要是走正道，只怕成了副县长了。"他只是笑。一有时间，他就会拿着照相机出去转转，然后和我们一块儿喝酒，炫耀他的照相机镜头，说，又是新的，花了好几个月的工资买来的。有时，他会拿出自己刚写完的一篇小说，让我替他看看，他说："老同学啊，你是老师，当然是我的老师了，多多指教，多多指教。"倒让我不好意思了。

我们同班的同学大都结婚了，孩子快要上小学时，刘家少爷才结婚。找的爱人是乡下来县城工作的小花，县工商银行的临时工。他爸他妈阻止他，他讲起狠来："不娶她，我就不结婚了。"老两口给吓住了，就答应了。其实我们知道，这个小花，是刘家少爷做快乐的乡村放映员时就认识的一个女孩子，那时，这女孩子常跟着他，跑前跑后，牵电线，挂银幕，得力得很。

刘家少爷结婚不久也生了小少爷，他常常教育儿子好好读书："儿子啊，你不如我哟。你的父亲不如我的父亲。所以，你要好好学习。"刘家少爷的父亲刘书记，这时已经兼任省委委员了。刘家少爷也时不时地上省城去看看老父亲，他也常常对着老父亲说一句："老爷子，您总有不如我的地方，比如，您的儿子就不如我的儿子，呵呵……"这一年，刘家少爷的儿子已经考取了北京那所著名的大学了。

前年，刘家少爷又叫上了我，还有写文章的几个朋友，围成一圈儿，说："看看，我出的一本文集《野白》，有散文也有小说。哎，野白是什么意思知道不？"我们肯定是知道这"野白"的意思，指谎话，或者上不了正席的话语。我们就祝贺他的文集出版。他谢过之后说："这文集啊，我也只印刷了一千册，我送你们每人一本，另外你们得替我销点，三五十本也行。其他的书我去找我在省里工作的姐姐推销去。"我们替他销点书其实问题也不大，但我们就惊奇，他为什么不去找他老爸刘书记，那你印刷一万本也能销出去的。

见我们答应得爽快，刘家少爷就端起酒杯说："你们看你们看，我是酒色才气都有了。酒，我每天喝，一天可以喝五顿；色，是'摄'也，我的摄影是全国获过奖的；才华，呵呵，你们都见识了，还出了书；气嘛，我也是很大气的……"说完，他哈哈大笑，像个孩子一样。

刘家少爷今年已经快六十岁了。他的生活依然是四个字：酒、摄、才、气。他成天乐呵呵的，到哪里，哪里就热闹。

刘家老爷子早就退休了，在省城养老。有人对他说起他儿子刘家少爷时，身经官场几十年的老爷子也是轻轻一笑。每年春节，刘老爷子总要回到老家，回到儿子刘家少爷家中过上十多天。

大钥匙

大钥匙是一个人，一个四十多岁的男人。

人们和他不熟，他也和人们不熟。人们都不知道他的姓名，只因他胸口常挂着一把大钥匙，自然，都叫他"大钥匙"，算是他的姓名了。

他胸前的那把大钥匙，常年地挂在胸口，却没见生锈。倒是他的衣裳，成年脏兮兮的，似乎从来没有洗过。那把钥匙，他肯定经常用自己的衣角在不停地擦拭。好几次，我看见他将钥匙放进了嘴里，不停地吮吸，应该是在给他那把大钥匙做清洁工作吧。

我每天上班，必须经过天人广场。每次上班，我都能看见大钥匙。远远地看去，他总在找寻着什么，也许是人们丢失在地上的钱吧。

那把大钥匙应该就是他家里门的钥匙了？我问在广场上卖玉米棒的太婆。

他哪里有家哟！太婆连连摆手。

太婆见我不想走，又告诉我说：我在这广场卖玉米棒子卖了十多年了，他来这广场也有十多年了，也不知他是从哪里来的，他很少说话，像个哑巴一样。十多年了，他多半日子是在这广场上度过的，挨饿受冻，真是可怜啊……

太婆话匣子一打开，说个不停。

再次见到大钥匙的时候，是在翠苑小区。大钥匙像只小鸡一样，被两个男青年拎着。大钥匙的头上、身上全是伤。一旁的红衣妇女大声地指着大钥匙骂："这个不要脸的东西，还想进我们家来偷盗，真是瞎了你的狗眼了……大家看看，我家儿子刚才放学回家，这东西就偷偷地跟上了，胆子大得很啦，居然跟到了家门口，我家儿子正掏出钥匙准备开门时，他就一把将我儿子的钥匙抢了过去。好在我正在家中，打开门看见了，一下子就将他给逮住了。要是我家里没人，不知道这东西会干些什么伤天害理的事出来……"

大钥匙刚才肯定遭到了一顿打。一会儿，110来了，将大钥匙带走了。我想说点什么，但什么也没说出口。

接下来的几天，广场就没见着大钥匙了。

一个月后，我到实验小学去接女儿。一阵叫喊声响起："快抓住他！"就有人被路过的胖巡警扑倒在地。我一看，又是大钥匙。他刚才拦住了一个七八岁的小男孩，要抢那小男孩挂在脖子上的钥匙。大钥匙当场又被带走了。

这个大钥匙真是个不干好事的家伙了。我在心里想。

但几天后的端午节，广场上虽然人山人海，但我还是在广场看见了大钥匙。他的脸上，还印着伤疤。我就抱怨起那些不作为的警察来，为什么不将大钥匙这个做坏事的家伙多关上几天？

就在广场上的人慢慢散去的时候，人群中出现了骚乱。一辆红色小汽车，司机像是喝醉了酒一样，肆无忌惮地向广场冲来。人们纷纷避让，生怕自己被撞上。一个七八岁的小男孩，吓得不知所措，蹲在了广场上。那小汽车，像支箭一样，就要射向小男孩。就在人们吓得就要闭上眼睛的时候，一个瘦小的身影飞向了小男孩，一把推开了小男孩。

是大钥匙！

他像一朵花一样，盛开在了广场上。那把大钥匙，挂在他的胸前，像那鲜嫩的花蕊。

小汽车被迫停了下来。车上的司机是个女子，因为感情受挫，喝多了酒，居然开车发泄。

前来处理事故的胖警察泪流满面：你们知道不？大钥匙从没有做过

坏事。他在十三年前来到我们这个小城，他是来寻找他儿子的。十三年前他七岁的儿子被人贩子拐走了。他只是听人说，人贩子将他儿子卖到了这里，他就想着在这里找到自己的儿子。可是这些年来，他的钱花光了，人也急疯了，也从不说话了。他只想找到自己的儿子，于是，只要是挂着钥匙的七八岁小男孩，他都会上去看一看，想拉下小男孩的钥匙，和自己胸前的钥匙比对比对，如果是一样的型号，那一定就是他家的儿子……可是他没想到，十三年过去了，他的儿子已经二十岁上下了啊……

三天后的葬礼，在市公安局举行。长长的追悼队伍里有一个我，我的身边，还有那个卖玉米棒子的太婆。

1978年的一只母鸡

1978年，我准备参加高考。

我的学习基础较好，又勤奋刻苦，是老师们眼中公认的好学生。可是，给我上课的刘老师担心，我身体太差，一阵风吹来，就要将我刮走似的，如果紧张地复习备考，身体很可能吃不消。刘老师对我爹娘说："得给孩子加强营养，每餐白米饭是少不了的。"当时的条件，一天能吃上一顿米饭就是幸福生活了，哪里还说什么加强营养的话。

于是，娘养了十六只母鸡。娘听人说，有了鸡，就有了"鸡屁股银行"——鸡下蛋了，就有了源源不断的财源。可是，连人都没有吃的，下蛋的母鸡到哪里去寻食呢？

队里的禾场上有。

队里的禾场，是队里打场晒粮的场地，只要是有阳光的日子，禾场上总是晒着谷子或者小麦。我们的家离禾场不远，隔着一条十多米宽的河。晒好了谷子，禾场上劳作的人们回家去了。娘就站到了家门口，"咯啰咯啰"娘一声吆喝，十六只母鸡跟了出来。又一声大声的"哦嘻"，十六只母鸡，像十六架小飞机，飞向了河对岸的禾场，争先恐后地吃起了谷子。一袋烟的工夫，娘长长的一声"咯罗——"十六只母鸡又像小飞机一样飞了回来。

娘的鸡窝，每天都会有十六个鸡蛋，一个不少。娘的"鸡屁股银行"办出了成效，用鸡蛋换成了钱，换来了油盐，时不时地买些鱼和肉回来改善生活。我的身体也强壮了起来，一顿能吃上好几碗饭。娘的脸上爬满了笑容。

高考前几天，我放学回家，队长焕叔找上了门，说娘的鸡偷吃了禾场上队里的公粮。娘听了，反驳道："你就知道那禾场上的鸡是我家的鸡？我家的鸡能飞过这么宽的河吗？"焕叔听了，悻悻地走了。

第二天，娘瞅着空子，又将鸡赶着飞到禾场去吃谷子。鸡飞回来的时候，娘大声地清点着，只有十五只鸡了，少了一只母鸡，豌豆花色的母鸡。下午时候，娘数鸡的声音更大，还是只数到了"十五"。少了那只豌豆花色的母鸡。娘到禾场去找队长焕叔。没找着焕叔，娘却找到了那只母鸡。鸡已经被人用砖头砸死，拉出了鸡的食囊。食囊破开了，是一粒粒饱满的谷子。娘大声哭骂："是哪个缺良心的害死了我家的鸡……"

禾场上没人敢和娘搭话，都怕自己被冤枉成了杀鸡人。娘骂了几句，提着死鸡，走回家来。当晚，我们的晚餐自然是那只母鸡了。娘用炉子小火煨汤，递到我的面前，说，就要高考了，得好好补下身体。娘的脸上堆满了笑，没有一丁点失去一只鸡的痛苦。

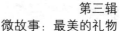
可是，第二天上午，娘又去禾场开骂，骂那个没良心的杀死我家母鸡的人。娘似乎走得很急，穿着爹那双大大的布鞋。骂了几句，晒谷子的人自然又不敢应对。穿着大布鞋的娘转了一圈就回来了。大大的布鞋里，满是谷子。下午，娘又穿了大大的布鞋，去禾场骂那杀鸡人。

几天下来，大大的布鞋里的谷子，居然装满了我家的米缸。娘说，这下我家的小子高考前的白米饭不用愁了。

喝了鲜鲜的鸡汤，吃了白白的米饭，果然，我的高考很顺利，考取了省城的一所重点大学。临去大学报到的前一天，娘对我说："你去给队里每家每户道个谢，算是替代我了，要知道，你考试前吃的白米饭是队里的粮食哩。"

"他们不是有人打死了咱们家的豌豆花母鸡吗？"我反问道。

娘只是笑，像个小孩子一般。

1979年的一碗米饭

王天银又端起了碗，贴近自己的鼻梁，伸出发白的舌头，用力地向前凑了凑，算是够着碗了。那白底蓝边的大碗边的一小撮面糊，极不情愿地被他的舌头拉进了他空荡荡的嘴里。

那嘴，像口窑洞，还开着。丢在黑色小桌上的大碗，也像他一样，张着嘴，凶狠狠地瞪着他。

家里的孩子多啊，一年生一个，一个紧挨一个，像拔萝卜一样，六个了。大龙，二龙，三龙，四龙，还有大凤，小凤。

孩子们比他王天银还饿。婆娘爱枝用家里最后的一团面粉，和着两大瓢水，熬成满满一大锅面糊。那水还只是冒着热气的时候，三龙、四龙就向着灶边凑了过来。锅里的面香还没散开的时候，爱枝已给六个孩子一人盛了一碗。然后，给六十多岁的母亲也盛了一碗。看着锅底，爱枝不声不响地加进了半瓢水，这才有了夫妻两人一人一碗水面糊。

"天银，天银，得上工了。"门口是小队长春平在叫。王天银是小队的会计，管着小队的账本，平常也帮着小队长春平吆喝社员上工。王天银跑出了家门，朝着小队的牛棚跑去。牛棚边挂着一口铁钟，他拿出根铁棒，当当当地敲起来。社员们像出笼的鸭子扑向河边一样，向田地里四散开去，耕田的，锄草的，施肥的，各做各的事去了。王天银呢，拿出个算盘，噼噼啪啪地拨个不停，一会儿就和小队长春平说会话："二牛家今年借粮多了，三百六十多斤了哩，老张头家最好，下地的人多工分多，分的粮食也多……"春平就着烟斗，嘭，嘭，一口一口地抽着旱烟，时不时地嗯一下。

这一年的账查得早，才过了冬月初一，乡里就来人了，会合大队部的老刘会计，查了小队的账。将王天银的账本打开的时候，王天银正在家中煮着米饭，挨个儿分给六个孩子，然后盛了满满的一碗，双手递给卧在床上的母亲。其实，每年一进入腊月，王天银就会将手中的账本清理好，等着年终查账的人来查。不想，今年查得早。结果，正如小队长春平所料，小队的账本上出了问题。王天银做了假账，贪污了二百四十七元。这在1979年，当然是件天大的事了。

当天，王天银就被送进了乡派出所。第二天，县检察院立案。不到一个月，县法院的判决书下来了，王天银刑期三年。

服刑的王天银服从管教，有时还帮着狱警做少数犯人的思想工作："你看看，我是个小队的会计，也算是个干部了吧，但为了家中的六个孩

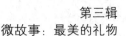

子，为了我的老母亲能活着，多么听话的我都起了邪心，贪了钱，应该服法才是，好好改造，才是出路啊……"

除夕那天，监狱改善了伙食，每人三块肉，一碗米饭，不再是平日的菜叶汤和照得出人影的稀饭。同号的狱友一个个高兴地敲起了饭钵，唱起了歌儿。可他们转过脸来，看到平日里帮着做思想工作的王天银，正默默坐在一旁，对着正冒着热气的白花花米饭发呆。年纪最小的"小猴子"用筷子敲了下他的脑袋，王天银倒哭了起来：

"老天啊，今天要是我的妈在这儿就好了啊，我快七十岁的妈在这里，她就可以吃到这碗白白的米饭了。"

一旁的歌声停住了，正用筷子敲打饭钵的手也停在了半空。

1982年的一根冰棒

金虎对着银虎看了一眼。银虎也对着金虎看了一眼。

金虎、银虎同时向门外看了一眼。门外，隔壁的二根正拿着根冰棒吃着，隔着几十步远，也能听见他将冰棒从嘴里送进拉出的声音。那声音流进了金虎的耳朵，也流进了银虎的耳朵。兄弟俩感觉着，口里有一股又一股的涎水，像滑溜溜的蛇一样，就要喷涌而出。

他们太想吃冰棒了。他们太喜欢吃冰棒了。他们都不到十岁，金虎九岁，银虎八岁。

前天给父亲买烟找回的四分钱零钱，刚好在村头德珍奶奶那儿买了两根冰棒，兄弟俩一人一根。那冰棒甜着哩，现在还在心里头冒着香味儿。

兄弟俩顺着那香味儿就移动了脚步，一会儿工夫就飘到了村头，德珍奶奶的小货摊前。

金虎、银虎来了。德珍奶奶对两个老主顾很是热情。

兄弟俩没有出声，他们感觉到那香味儿更浓了，似乎飘到了鼻孔里。德珍奶奶从冰棒箱里摸出了两根冰棒，就要交给兄弟俩。金虎没有接，银虎也只是将鼻子靠近嗅了一下。

我们手中没有钱了。金虎小声地说，蚊子一般，德珍奶奶还是听见了。

这好说啊，我知道你们是有钱的。德珍奶奶压低了声音说，你们家中有鸡吗？

有啊。银虎说。

那就对了嘛，有鸡就有鸡蛋，拿一个鸡蛋来，可以换三根冰棒哩。德珍奶奶来了精神。

银虎撒腿就跑。三分钟不到，他手中攥着个鸡蛋来了，交到了德珍奶奶手中。三根冰棒，银虎两根，金虎一根。

吃着冰棒，银虎开口了："哥，下次该你拿鸡蛋了，你拿鸡蛋那你就吃两根冰棒，我没有意见的。"金虎就点了点头，说："不能每天都拿啊，咱隔两天了拿一个，母亲就不会知道了。还有，谁让母亲抓住了，可别供出了对方。"银虎就拼命地点头，说："哥，你想得真周到。"

兄弟俩庆幸着，终于可以吃上冰棒了。每隔上两天，就轮流着拿一个鸡蛋到德珍奶奶那儿换三根冰棒。但母亲还是觉出家中的鸡蛋少了，就直骂那鸡们，只吃粮，少下蛋，还是鸡吗？兄弟俩就偷偷笑个不停。

可是，好日子总是不长。一天中午，就在银虎将手伸向家中鸡窝的时候，母亲的手按在了银虎的手上。结果，虽然没有供出哥哥，但可怜的弟弟被罚去寻了三天的猪菜。

兄弟俩再走过德珍奶奶的冰棒摊时，就只是偷偷地瞄，用鼻子拼命地嗅那冰棒的香味儿。德珍奶奶远远地就喊，金虎、银虎，金虎、银虎，怎么没拿鸡蛋来换冰棒啊？兄弟俩就远远地逃。

接连几天，德珍奶奶都是远远地就喊，金虎、银虎，金虎、银虎，怎么没拿鸡蛋来换冰棒啊？这一点本事也没有，去找鸡窝啊，鸡窝里就有鸡蛋的，只要你们拿来，一个鸡蛋我给你们换四根冰棒。兄弟俩恨不得钻进地底去。他们真想自己变成只鸡才好。

兄弟俩感觉这个夏天是这样长。但就在天气最热的那天，金虎站在德珍奶奶的小摊前，银虎就拿来了个鸡蛋。这一次，德珍奶奶真给兄弟俩换了四根冰棒。这次一人分了两根，吃了个痛快。

你们每天都拿一个鸡蛋来吧，我每次都给你们换四根冰棒。德珍奶奶笑着说。

果然，兄弟俩轮流着，每天都会拿来一个鸡蛋。德珍奶奶每次都会笑着递给他们四根冰棒。

这一天，银虎站在德珍奶奶小摊前，等着哥哥金虎拿鸡蛋来。等了十多分钟也没等着，正在着急，只见他们的父亲揪着金虎的耳朵走了来，金虎的手中还捏着个几片碎蛋壳，蛋已经碎了。

德珍奶奶有些不好意思起来，正想向他们的父亲解释什么。他们的父亲先开口了："奶奶，这两个家伙爱吃冰棒，反正是暑假，就让他们替您卖十天的冰棒吧，这是我安排的，您不要给他们任何东西，是白干。"

十天里，闻着冰棒味，又不能吃着冰棒，滋味是难受的。德珍奶奶不在小摊的间隙，银虎就问金虎："哥，这事儿到底是怎么搞砸了？"

金虎耸了耸鼻子，说，你是在小摊上守住了德珍奶奶没问题，我钻狗洞进德珍奶奶家也没有问题，可是，从她家的鸡窝里拿了鸡蛋正从狗洞里钻出来时，让父亲给逮着了……

银虎也耸了耸鼻子，说："哥，你再闻闻，这冰棒的香味儿可真是好闻哩。"

1985年的一场约会

那时，他和她还只是大男孩和大女孩。他和她并不相识。

是那个夏天的傍晚，她来小树林牵自家的黄牛，就要离开时，听到了口琴声，吹的是她听过的一支曲子，电影《少林寺》中的插曲。她将手中的牛绳拉了拉，牛站住了，她也站住了。她不知道口琴声是从哪里飘出来的，她只知道自己回家的时候，已是月上柳梢了。

她已经十八岁了，她的爹娘已经开始张罗着给她找个好婆家。村子里好多十七岁的女孩子都出嫁了哩。爹娘说，隔壁村的小铁匠，人好，家也好，有人来提亲了。但她不管，爹娘说的时候，她只是笑。

第二天，她又早早地来到小树林，说是牵牛，但她却找了片茂盛的草地坐下了。那熟悉的口琴声，早已经飘了过来。像一条小溪般，清澈见底地向她流过来。她想要找到那小溪的源头，就挪动了脚步，向树林深处走了过去。一个瘦高个男孩，立在不远处，旁若无人一样，口琴在他的嘴边来回穿梭，声音从他的嘴角泻出。

一曲《月亮之歌》完了，他笑了笑，向她走了过来。他正读高三，就要参加高考了。

第三天，她来，他照样吹奏着她喜欢的口琴声。她听得入神，居然忘记了和他打招呼。

第四天，照样。

记不清是多少天了，小树林里，他吹奏着口琴，她做唯一的听众。这一天，他吹得时间长了些，她想让他停下他也没停。一会儿，他开口了："我不会参加高考了，因为我已经参军了，后天，我就要上部队去……"他的声音低低的，但她听得清清楚楚。

"明天，你还来这儿吗？我想听你的口琴声。"她说。

他用手捋了捋她的长发，点了点头。

"明天，我等你。"她说，双眼满是期待地望着他。

她晚上没有睡好觉，在床上翻来覆去。第二天一大早就开始准备着这一场约会。她用清清的河水清洗着自己的秀发，她用唯一的白色连衣裙包裹着自己凹凸有致的身体。她偷偷地买了一支唇膏，轻轻地在自己的嘴唇上涂抹着。

傍晚的时候，天空有了乌云。出门时，娘叫住了她："去哪儿？这么吓人的天气。"

"上街转转，就回来的。"她第一次扯了个谎。下雨了，她打着把雨伞，深一脚浅一脚地向小树林走去。

她只想着要见到他。她想起了电影上见过的画面，女子倒在男子的怀抱，一脸的幸福，然后，男子的唇就轻轻地贴在了女子的唇上。她有些脸红了。

可是，没有听见那口琴声，也没见着他的人。雨越来越大了，她想，还是等等吧，一会儿，他准会来的。

雨停了，他还是没有来。她哭了，泪水和着雨水，满脸都是。雨伞也顾不上拿，她跑着回家了，一头倒在了床上。她像生病了一样。睡了两天，她又跑到镇上问当兵的走了没，都说早走了。她没有了他的任何信息。

小铁匠的媒人又来了。娘说："怎么样，你得拿个主意啊。"她点了点头，算是答应这门亲事了。两家一商量，说好下个月成亲。

成亲了，她嫁给了小铁匠。回娘家时，娘问："你上个月下雨时打的伞呢，怎么不见了？"她才想起将雨伞丢在了树林里。她又向小树林跑去，一眼就找到了那把红色的雨伞。正要离开，她发现了成团成团的蚂蚁。她又细细地看了看，爬动的蚂蚁自然地成了六个字：等我回来娶你。她奇怪了，用树枝扒了一下，发觉那些蚂蚁的下边，是一颗颗已经化成糖水的糖果。

她明白了，那天晚上，1985年的那个雨天的晚上，他来了，用糖果拼成了"等我回来娶你"六个字。那他为什么那晚不和她见面呢？她真不知道。

她又断断续续地知道了关于他的一点消息。先是做逃兵，想回家，让部队及时抓了回去，关了几天的禁闭。后来又写了信给她，但她一直没有收到。又听说，他三十多岁才结婚，结婚之前，他和他的女朋友连手也从来没有牵过。再后来，就什么消息也不知道了。

二十多年过去了。她的一双儿女都上了大学。这天，村子里来了好几辆军车，人们都说有大军官来了。成了大铁匠的小铁匠跑得气喘吁吁："那大军官说要找李金花，是不是找你这个李金花哟？还有，那人手中拿着个口琴，口琴，你见过不？"

"肯定不是啦，我怎么会认识什么军官？"她说。然后，她就到自己的菜地里去捉虫了。

她和她的大铁匠仍然种着几亩地，喂着一头牛。好多的时候，她还是将家中的牛系在那片小树林里。

1986年的一封信

1986年的6月，王天天要参加中考了。

那个年代，村里的孩子考上了大学，像是个神话一般。考上个中专学校，也算是家里祖宗积了德，因为也可以解决工作问题，用不着脸朝黄土背朝天了。王老三就只有天天这一个儿子，天天的两个姐姐，小学没毕业就下学了，满十八岁就出嫁了。但王老三也只是干着急，他也没有什么法子好想，要是能出几百斤力气让这小子多考几分，他是满心愿意。

"你可以去找天天他的余伯伯啊。"孩子的班主任刘老师找到王老三，神秘地说。

王老三连连摇头。

他知道，刘老师说的余伯伯，是当年从省城下乡的知识青年，名叫余迎海，如今在市里的教育局做事，做什么语文教研员。当年下乡，余迎海就住在王老三的家里，和家里人一块儿吃饭，三年多的时间。余迎海比王老三大三岁，孩子们都亲热地叫他"余伯伯"。

刘老师又对他说："知道不，每年的中考语文试卷就是天天他余伯伯出的哩。"

"真的吗？"王老三似乎来了精神。

"只要问来那最末尾的作文题目，天天的成绩就更好了，考上省里的中专是没有问题的。"刘老师的声音更低了。

听了刘老师的话，王老三的脚就想着去市里了。可是，他又在心里琢磨：这成不？他余伯伯能说给我听不？这不知是不是犯法的事儿？那一天他在田地里施肥，总在寻思着去不去的事儿，手中抓着肥料不知往哪株棉苗边放。老婆红枝一把夺过他手里的肥料袋子，大声说："什么想七想八，去就去吧，为着咱小天天以后的日子，你就去丢一回人吧。"

王老三提着家中的一只老母鸡，坐上了开往市里的汽车，他要去见见余迎海老兄了。

七八年没见了，王老三也不知道余迎海住哪儿。他一到市教育局，向六十多岁的门卫一打听，老头儿来劲儿了："你是问那个出中考试卷的余教研啊？没有不认识他的。不过今天休息，你去他家找他吧，天河路33号。但是难啊，找他的人太多了，都是想在中考时做些手脚的人，唉……"老头儿的一声长叹，让王老三的心冰凉冰凉的。但既然来了，也还得会会他。

王老三好不容易找到天河路33号。门一打开，余迎海紧紧地拉住了王老三："老弟啊，真是想死你们一家人了。"两人就站在家门口，接力赛式地抽起了烟，说起了下乡的那些往事。等到两人看到对方的烟头忽明忽暗时，这才发觉天已擦黑了。王老三递过一旁的老母鸡给余迎海，余迎海叫来老婆丽珍："今天老三来了，我们不上饭馆，就在家中聚餐，嘿，就先拿这只老母鸡做下酒菜。"两人又是好一顿酒。困了，两人就在一张床上和衣而睡，有一句没一句地唠着，不觉到了天亮。

王老三想着家中的八亩棉田今天得锄草，一醒来，就急冲冲地向车站跑。余迎海也醒了，拿了条香烟，跟在后边追。他得送条烟给老三抽哩。

当天下午，王老三前脚刚回家，儿子王天天后脚就跟了回来，他关上了门，小声地问："爹，刘老师让我问你事儿的，你说啊。"王老三只是闷着抽烟，一声不吭。深夜了，老婆红枝轻声地向王老三掏话，王老三背

过身子，只是呼呼大睡。

中考前的那天中午，乡邮递员送给王老三一封信，挂号了的。王老三一看，是余迎海寄来的，他忙着拆开。邻居陈国平的儿子陈实今年也参加中考，这父子俩也围了过来。他们看着王老三打开了信封，可是，里边什么也没有。这只是个空信封。那么细心的余迎海怎么忘记将写好的信装进信封呢？王老三长长地叹了一口气。

第二天参加中考，王天天走进了考场。不到一个月，中考成绩揭晓，王天天被市师范学校录取。进了师范，就端到了"铁饭碗"。七月初八王家请客，王天天的金榜题名宴。提前一星期，父子两人坐车到市教育局去邀请余迎海来做客，余迎海满口答应。可是这一天，从早盼到晚，王家没有见到余迎海。宴席上，喝了酒的王老三话多了起来："天天啊，爹问你，你今年考试的作文题目是什么啊？"

"哎呀，你这都不知道啊，题目是'一封信'啊……"王天天大声说。

王老三手中的酒杯停在了半空。

1988年的一元钱

柴米油盐酱醋茶，开门七桩事。油，仅次于柴和米，重要性不言而喻。厨房里没了油，家中的人就没了劲。江汉平原农产丰富，除了水稻，就是大片大片的油菜和棉花。油菜籽和棉籽最主要的作用就是炼油，油菜籽炼成菜油，棉籽炼成棉油。菜油清亮可人，炒出的菜喷香可口。棉油煎鱼最好，将那鱼皮煎得金黄金黄，诱得人垂涎欲滴。

其实，不说是丰年，就是歉收了，江汉平原的家家户户至少也能收获十多斤油的，丰收时有的人家会有上百斤。这油，一年下来，也吃不了那么多。多的呢，家中当然不好存放，那就存到油铺里去。等到油吃完了，再到油铺里去取。存在油铺，也不用交税。油铺老板呢，存户的油存在这儿，利于周转兑换，有时也能赚些差价。

我的姑父就开着这样一家油铺——为民油铺。姑父姓魏，儿子叫魏民。这样给油铺取名，算是谐音，也取个吉利，图个好名声。这个名叫龚场的小镇，其实还有更大的一户王家大油铺，门面宽，油桶多，存油户头也就多。姑父不声不响地经营着他的为民油铺，管着他一大家子人的生活。

这一年，是1988年，姑父家的油铺刚开张不久。我刚上初中，暑假时就到姑父家去玩。他家里有比我大不了三岁的表哥魏民。魏民没考上高中就辍学了，在家跟着姑父学做生意。我认真地观察着他们家的油铺，窄小的门面，只有两个油桶，一个存菜油，一个存棉油。姑父呢，时不时走进屋子，又走出屋子，那是在观望着，看有没有新的存油户来。姑父爱抽烟，右手夹烟的食指和中指熏得黄黄的。偶尔，会有住得近的农户拿了二三十斤油菜籽来兑油。姑父不慌，先递上烟，唠上几句家常，然后才开始过秤。姑妈常在一旁叹气：这没有生意，怎么过下去啊？表哥魏民和我就不出声了。谁知，春节时我到姑父家去，油桶变成了四个，门口用红纸写上了大大的"生意兴隆"四个字。他家的账本也变厚了，看来存油的农户是多了不少。第二年，油菜收割的时候，存油的农户在姑父家排成了队，等着姑父给他们一一过秤，记账。表哥魏民也穿上了一件新的上衣，海军衫，那是我想了几年都没能得到的衣服。我问表哥魏民："那个王家大油铺呢，怎么样了？"表哥魏民一脸的自豪："几乎快要散伙了，他家

的油桶，卖给我们家了，他家的存户，都转到我们家来了呢。"

我就要上高中了，那个暑假，我又到姑父家去玩。姑父很高兴，拿了二十元钱，让魏民和我一块儿上菜场去买肉来吃。买了两斤肉，魏民接过找回的零钱，打开一看，少找了一元钱。他对着肥胖的肉铺老板说："肉是七元一斤，这两斤肉十四元，你应该找回六元，可是你只找回了五元。"胖胖的肉铺老板很不情愿地递过一元钱，说："你是为民油铺的小子吧，你家老头做生意，前年的时候，给好多的存油户多找了一元钱的，你小子倒变精明了啊。"表哥魏民一愣，但还是回了一句："你放屁，不可能的事！我家老头的算盘精着哩。"

说归说，一回到家，魏民就翻出了前年的账本。那是第一年的账本，每一笔账都记得清清楚楚。魏民用计算器算账，我用口算。果然，为民油铺开张的第二个月就出现了多找一元钱的事儿。比如，每斤油菜籽加工费三毛钱，存户三十四斤油菜籽得交加工费拾元两角，人家给了十五元，姑父就找回五元八毛钱，这就多找了一元钱。也就在这一年，几乎所有的存油户都多得了找回的一元钱。

魏民很是生气，嘴里不停地向我抱怨：想不到啊，一向精明的父亲这一年像中了邪一样，总是算错账，你说你说，一元钱，我一天可以吃上两个油饼哩……

魏民拉着我，去向姑父问问理由。姑父正坐在厨房里喝酒，没等魏民开口，他倒先说开了："小子，仔细算算，我算错账了吗？你将这些年的账合起来算一算看。有些账啊，是要计算总账的，不要只看着眼前哩……"

我将魏民拉了出来，魏民还是一脸的疑惑："老头为什么说没有算错账啊？为什么啊？"我也连连摇头。

后来，我读高中，上了大学。有一天晚上睡觉之前，猛然醒悟：我的姑父啊，真会算账。

　　而在那个名叫龚场的小镇，表哥魏民仍然经营着他的为民油铺，一直生意兴隆。

1991年的一只狗

　　我十来岁的时候，家里曾养过一只名叫"招财"的狗。

　　招财进我家门的时候，它是一只出生才七天的小狗。当天，读过古书的爷爷给它取名叫"招财"，大约是招财进宝的喜意。我那时正读小学五年级，一见了小狗，喜欢得不得了，连忙抱在怀里。到了晚上睡觉时，我也还抱着它。没料到，第二天爷爷却对小狗下了手，他拿着一把锋利的菜刀，在堂屋门槛上一刀麻利地剁断了小狗的尾巴。一向喜欢爷爷的我，几天也不理会爷爷。爷爷见了我，总是低声说："虎子，你知道不，为啥要砍断小狗的尾巴？"我不懂，也不搭话。爷爷凑近我笑了："小子，你要知道，狗儿短了尾巴，才会看家哩。长长的尾巴，像只狼一样。"

　　我照样不吭声，心里想：这招真奏效吗？

　　果然，才到我家生活三天的招财居然不叫唤了，服服帖帖地蹲在了我家门口。我放学到家，它早早地迎上来。短短的尾巴，不停地左右摆动着，对着我热情地打着招呼。这小家伙，跟在我身后，倒成了我的尾巴一样了。

　　招财长得快，两个多月后，它就长成了一条大狗了；但它的个头并不高。个头不高的招财跑起来快得很，它常常和我赛跑，像一阵风一样，一下子就飘到了我的前边。它身上的毛是全黑的，就像披了一件黑色的皮袍。那毛呢，整整齐齐，像用梳子梳过一样。

我们家里兄弟多，桌上的饭菜本来就紧张，当然就没有招财的食物了。我问过父亲："招财在哪儿吃饭啊？它没有饭菜吃，不会离开我们家吧？"父亲摸着我的头说："招财是只狗，哪里有饭菜给它吃呢？它也肯定不会离开我们家的，有句话说，儿不嫌母丑，狗不嫌家穷，知道不？"我似懂非懂地点了点头。终于有一天晚上，我发现了招财的秘密，原来它每天等到我家猪圈的猪吃过之后，就来到猪槽边，吃剩下的猪食。

但是，招财看家的事儿是做得非常优秀的。家里人回到家中，招财都会迎上去，摇动着尾巴表示欢迎。我家门前有条小路，小路上常常人来人往。招财不会随意地对着小路上的行人乱叫，但只要小路上的行人转弯朝我们家走近，它立即触电似的"汪、汪"地叫起来，越是陌生的人叫得越厉害。要是我们家中没有主人，小路上的人是根本进不了我家的家门的。更让我惊奇的是，招财居然会辨认人的好坏。来到我家的人，要是我们家中人热情招待，下次再来，招财极少对着那人叫唤。要是我们觉得来人不怀好意，招财就会不停地对着他"汪、汪"地叫。好几次，在我家门前叫唤的小贩都被这阵势给吓跑了。

招财还会帮我打架。村里的天宝十六岁了，总是欺侮我们小一号的小伙伴。那一次，天宝抢我手中的零食，我和他干起真架来。个头不高的我当然不是天宝的对手，两人扭在一块儿，我正感觉到自己即将被天宝扑倒在地上时，不想，天宝自个儿倒在了地上。我一看，原来是招财用嘴拼命地咬住了天宝右边的裤脚，不停地朝后拉着。见势，我扑在了天宝身上。从此以后，天宝再也不敢欺侮我了，也不会随意对其他小伙伴们下手了。因为，他知道我的身后有招财。

我们家兄弟多，粮食总是不够吃。家里的猪，也只能去找些野菜来解决填饱肚子的问题。这招财呢，好多个夜晚进到猪槽里也只是跑个空，它只得外出觅食。我就担心着，我们心爱的招财应该不会离家出走吧。

因为家中太拮据，父亲决定将家中祖传的墨砚给出售。这墨砚，是我家的传家宝。听说要卖，就有人上门。一个操着湖南口音的长发男子就找到了父亲，谈来谈去，因价格太低，父亲就不想售出了。长发男子讪讪地走了。当天晚上，招财叫得特别厉害，一会儿又没了声响。爷爷和父亲连忙起床去看个究竟。转到我家屋后边，招财正咬住了一个人的胳膊，那人呢，正掐着招财的脖子，都倒在了地上。父亲喝住了招财，拉住那人一看，原来就是白天与父亲谈价的长发男子。他正在撬着我家后门，惦记着我家那祖传的墨砚。爷爷将长发男子训了一顿，放走了他。唤过招财，这才发现招财已经受伤，它满口都是鲜血，左腿也骨折了。

1991年秋天，我要上中学了，到离家十多里的小镇。走的那天，招财跟了我好远。每周末我回家，招财像知道时间一样，每次总是站在村子东头迎接我回家，短短的尾巴摇得更勤了。

可是，就在一个周末，我回家的路上，看见了一辆摩托车，摩托车的后座上，躺着我家的招财。它，已经死去了。骑着摩托车的男子，满脸的横肉，身上背着一把猎枪。摩托车开得并不快，虽然只是一瞬间，但我肯定看清了是我家的招财。一身黝黑的毛，粗短的四肢，那眼，圆圆地睁着，没有闭上。

但是，那一刻，我没有站出来，胆小的我没有勇气站出来，就让那满脸横肉的男子，骑着摩托车带着我家的招财走了。

那天我回到家，没有吃饭。直到多年以后，我总会想起我家的招财，那眼，圆圆地睁着，没有闭上……

书法家刘正

书法家刘正，字平直，楚州人氏，少时即有书法天赋。三岁时以一枯瘦树枝于地画字，人教即会，村里老学究连连称奇。后学书于大书法家王之云，工隶书。三年不到，老师王之云书字一幅赠予刘正：青出于蓝而胜于蓝。顿时，刘正名声大振。乾隆十八年，刘正接过老师的字，回到了楚州家中，不再书写隶书，转而研修行书，专攻王羲之名作《兰亭集序》。又是三年，其所书《兰亭集序》几可乱真。乾隆爷派人来要了一幅，连夜把玩两个时辰。末了，在字的落款处书"极品"二字。

于是，上门求字的人络绎不绝。为官者，以得到刘正一字为护官符；经商者，以购得刘正一字为富贵；布衣者，以一睹刘正一字为荣幸。

偏偏，刘正的家门总是一把铁将军把着门，常年关着。不少来求字的只能"望锁兴叹"，连连摇头而回。

不料，有人不上门求字，倒得到了刘正的一幅《兰亭集序》。镇上的杨六儿开了间小茶馆，开张的当日，小茶馆的土墙上挂着的正是刘正的《兰亭集序》。那小茶馆的牌匾，亦正是刘正手书"兰亭茶馆"四字。一时，方圆十里八乡的茶客，蜂拥而至，将小小茶馆坐得满满的，人人来照顾杨六儿的生意，让杨六儿好好地赚了一把。

其实不到兰亭茶馆去，也还是有不少人见过他的字。县衙门的"明镜高悬"正是刘正手书。听说，刘正写好之后，亲自送到了新任知县李天一手中。不少没求到字的人就摇头了：这个刘正，什么狗屁玩意儿，这不明明白白地在舔那李天一的屁股吗？

又有人搭上腔：这舔舔知县大人李天一屁股嘛，还能理解，人在江湖身不由己啊，那为啥还替那杨六儿又是写《兰亭集序》又是写牌匾？众人只是摇头，像拨浪鼓一般。

三年后，知县大人李天一政绩卓著，乾隆爷钦点其右迁楚州府知府。上任前一晚，李大人亲临刘正府上，一番客气之后，李大人直言，希望刘正先生能送他一幅字：先天下之忧而忧，后天下之乐而乐。刘正却只是端着手中的茶杯，不说话。李天一知道没有了下文，他知道刘正的脾气。

但李天一大人有话说："平直啊，你能将手书《兰亭集序》送目不识丁的杨六儿，为甚不再送我——即将上任的知府大人，一幅墨宝呢？"

李天一又说："我的年兄啊，三年前你将'明镜高悬'亲手送到我府上，如今，却也半字不送了？"

刘正仍然不说话，将手中的茶杯重重地放在了茶几上。茶几上全是溢出的清茶。

李天一气冲冲地走了。刘正自言自语一样开口了："你个做父母官的李天一，你就不知道杨六儿在去年腊月双亲去世，今年正月家中独子不幸夭亡之事吗？"

李天一的事儿还没有完，第二天就派人给刘正送来了一封信：年兄啊，我也不为难你，逼着你让你替我写个啥内容的，但看在你我同窗的分儿上，我明日上任，还是请你明晚到宾阳楼去聚会聚会……

同窗的刘正当然不懂得拒绝李天一大人的邀请。一场宴会，也算是李天一的离职上任聚会。推杯换盏，几轮酒下来，主宾都觉得有些不胜酒力。李天一的兴致好，刘正有些招架不住了。刘正想着要上一趟茅厕，起身拱了拱手，就向着茅厕的方向走过去。就在宾阳楼茅厕的前方，一张大大的八仙桌子上，端端正正地摆放着安徽歙砚、六尺生宣纸，一旁的墨，一阵阵的暗香，他不用细闻，就知道是"一得阁"墨汁。刘正不由得迈开双腿走了过去，随手拿起了湖州羊毫笔。他望见正前方挂着的一幅字——"先天下之忧而忧，后天下之乐而乐"，书兴大发，就着桌子，在展开的生宣纸上唰唰唰地尽情运起了毛笔，内容正是"先天下之忧而忧，后天下之乐而乐"。一气呵成，酣畅淋漓。写完，径直回到了酒席，他竟忘了进茅厕就返回了。

又拿起酒杯时，刘正似乎想起了什么事儿。放下酒杯，他大步向茅厕边的八仙桌走去。可是，桌上空空如也。

书法家刘正像做了一场梦，他不辞而别，回到家中，倒头便睡。醒来的时候，已是第三天，同窗李天一已经到楚州府去上任了。也就在李天一上任的第九天，家里抓住了一个盗贼，蒙着面，手中正拿着书法家刘正所写的那幅字——"先天下之忧而忧，后天下之乐而乐"。众家丁围住蒙面盗贼时，那盗贼正急匆匆地将这幅字撕了个粉碎，然后将一张张碎片放进了自己的嘴里。

李天一轻轻地拉开了那块蒙面巾，是同窗刘正！

"告诉我，你来我府上的缘由。"李天一说。

"告诉我，你做知县最后一年的三月，朝廷下拨到县里的三千两赈灾白银，为甚只是下发了二千二百两？还有八百两是不是在你家后院的歪脖子桃树下？"刘正大声问道。

花小朵

车子一路开过，像只找寻自己家门的大黄狗一般，快乐地向前奔着。

我们同学四个，坐在回家的车上。我们刚刚去了两百多公里外的老同学李天家里一趟。十多年了，我们同学和李天见面的次数太少了，也不知他一直在忙些什么。昨天他打电话给张书文，说他家里出了点事儿，问了情况，知道是他在生意上与人发生了纠纷，打架了，动了刀子，和对方都伤得不轻。张书文联系上了我，我们就叫上了同在一座小城的王知一和陈章。我们去医院看了李天，安慰了他。见他也没有什么大碍，我们下午就往回走了。送我们来的车子有急事上午就回去了，我们只得临时找了部面包车，可以坐十来人的那种，车况还佳，价格也不高。

车上，我们四个人的话语，也像那车轮一样，一直没有停息。同学嘛，当然有话说。张书文又一次发表感叹："你们说说，这个李天，上学时连蚂蚁也怕踩的，这下子，倒动了刀子了……"

"人之初，性本善。人也是会变的，有人掐着你的脖子了，你不反抗？"我说。

我的话还没说完，有声音从车里传出来："人之初，性本善。性相近，习相远。苟不教，性乃迁……"

是个小女孩。我们这才觉察到车里还有一个小女孩。

开车的李师傅开口说话了："这是我的小女儿，今天周六，没有人带，我也就带着，反正我这出租车的生意也不是太好。"

　　小女孩坐在最后一排座位上，刚才坐在前两排的我们只顾着讲话，哪里看到了她呢？

　　听到她爸爸说到她，小女孩走到前排，站在我身旁，说："叔叔，我能背诵《三字经》，我还能背诵《百家姓》，背诵好多古人说的话呢。"说着，她张口就来："赵钱孙李，周吴郑王……"

　　"子曰：'人而无信，不知其可也。'"她又开始背诵名句了。

　　说话的时候，小女孩眉角向上扬，大眼睛忽闪忽闪的，很是自信的样子。看到这可爱的小女孩，我作为教师的职业习惯又来了："小朋友，你还没有告诉我们，你叫什么名字哩。"

　　"我叫花小朵。花是花朵的花，小是大小的小，朵是花朵的朵。"她说，声音很大。我们笑了。她爸爸也笑了："这小鬼，总是这样介绍自己。"

　　"还有一个月，我就六岁了，上幼儿园大班了。"花小朵又说。

　　我们的话题自然就转到了小女孩这里。王知一对小女孩说："花小朵，你能背诵古诗吗？"

　　"当然能啦。"她张开了小嘴，"春眠不觉晓，处处闻啼鸟。夜来风雨声，花落知多少。"

　　"花小朵真棒！"陈章伸出了大拇指夸奖她。

　　我拉过小女孩的小手说："花小朵，你能画画吗？画一朵一朵的小花？"

　　"可以啊。我今天回家，就画一幅画，画一朵一朵的小花。但是你看不到了啊。"花小朵说。

　　"那怎么可以找到你呢？"我问。

　　"我在水果市场那儿住，市场路29号。你进了水果市场，就大声喊，花小朵快出来，花小朵快出来，我就出来了，你不就看到我的画了？"花小朵的眼睛一眨一眨的，像夜空中的星星，清澈、明亮。

"好啊，好啊，我明天就去看花小朵的画。"我很高兴能遇到这一个有趣味的可爱小女孩，连忙说。

伴着一路的欢声笑语，我们回到了我们的小城。王师傅和他的小女儿花小朵，又要开着车往回赶了。花小朵连连向我们挥手说着"再见"，我们也挥手道别，看着他们的车慢慢消失。

肚子饿了，我们同学四人，又忙着找家餐馆，慢慢地坐着喝酒。张书文又开始发表自己对人生的长吁短叹了……

周一上午上班，我刚泡了杯绿茶，还没来得及喝。病床上的李天电话打了过来："老同学啊，我的身体恢复得还不错，你用不着记挂。但是，你还记得花小朵吗？你不是说好了要来看她画的画吗？怎么没来啊？刚才那开车的王师傅找到我这儿来了，说他家的花小朵啊，前天一回家就画了好多幅画，画上有着一朵又一朵的小花。昨天一整天，小女孩就站在她家窗子前，等着你去喊一声：花小朵快下来，花小朵快下来。可是，直到晚上，也没见你的影子……"

我拿着电话，手触电般停在了半空。

我又想起花小朵背诵诗文的样子，摇晃着小脑袋，大眼睛忽闪忽闪的，像夜空中的小星星，清澈如水。那声音，像是小溪流在唱着歌："春眠不觉晓，处处闻啼鸟。夜来风雨声，花落知多少……"

木　槿

乔冠楚正在书房里画一幅画。

在这座小城，乔冠楚是书画界名人了。上门求字画的人有一些，上门

求教的人有一些，当然，还有一些是来吹捧他的。但老乔不管这些，他只管自己的书画作品，看是否达到了一种极致。下个月，老乔的书画展就要在省城举行了。他也正赶着添上几幅作品。

老乔善画牡丹，用笔极其讲究。老乔手中的笔每抖一下，他都能掂量出其中几毫克的力量。画中画的是一株开得正艳的牡丹，他不想直接用牡丹红，那是刺眼的颜色。他选用的是胭脂，浓淡适宜，赏心悦目。

"吃饭了。"木槿在书房门口对他说，声音不大。木槿是老乔的夫人，原配，五十多年的夫妻了。

乔冠楚"嗯"了一声，继续抖动着手中的羊毫笔。这是多年的习惯了。

"要吃饭了，一会儿就凉了。"木槿又说，声音更低了。

但老乔一点声音也没有了。

木槿就又回到厨房，将做好的饭菜盖好，做好保温措施。木槿也早就习惯了老乔的这些习惯。

五十二年前，木槿嫁到乔家第二天，丈夫乔冠楚就问她："你是叫木槿吗？"她怯生生地点点头。

"那你知道什么是木槿吗？"乔冠楚又问。

她又摇了摇头，头低得更厉害了。木槿长了十八岁，人家叫她名字"木槿"叫了十八年，但她真不知道什么是木槿。她没有上过学。

乔冠楚就不问她了。

过了几天，木槿遇到邻家的妹子桂花，小声地问："妹子，我问问你，什么是木槿啊？"桂花哈哈大笑："这个你都不知道啊？你也是乡下的啊。你看看，那菜园边的一条，那水沟边的一条，全是木槿，这几天还开着花儿呢。"木槿就到了菜园边，细细地看着那一长条植株。那些植株长得不高，枝条青青绿绿的，中间点缀着些淡红的花。

那时候的乔冠楚只是个民办教师。乔冠楚每天去小学上课，木槿就随同村民一块儿下到地里去干活。乔冠楚回家的时候，就能看到饭桌上热气腾腾的饭菜。那些饭菜，是木槿前一天晚上就准备好了的，然后她趁着劳动的间隙跑回家来做熟了。乔冠楚上完了课，吃完了饭，就开始他的写写画画。他能写诗，也能画画。

木槿的农活收工了，她也会站在乔冠楚的身边看他写写画画，满脸的幸福。但更多的时候，乔冠楚就会甩过来一句话："你不懂的，你去睡觉吧。"木槿就极不情愿地上床去睡了。

木槿做第二个孩子的母亲的时候，乔冠楚已经成了公办教师。等到第三个孩子出世时，乔冠楚调到了县文化馆，成为这座小城的书画名流。木槿的农活是不用做了的，但她承包了家里所有的家务。乔冠楚回到家的第一句话总是："哎呀，真是忙啊！"木槿就会搭上一句："那你忙些什么啊？"乔冠楚像来了气一样："说你不懂的，说了你也不懂。"

但木槿有些事是懂的，她听到了关于丈夫乔冠楚的一些风言风语，说什么常和一个女人在来往，常常在一起吃饭。木槿听人说了，也只是笑笑，她在忙着照看家中的三个孩子，小学，中学，直到大学。

如今，三个孩子都成家立业了。家中又只剩下这老两口了。木槿身体素质不是很好，常年病着，找过医生，说是早年劳累过度所致。

迷迷糊糊中，木槿听到书房里传来了读诗的声音：

一枝红艳露凝香，云雨巫山枉断肠。借问汉宫谁得似，可怜飞燕倚新妆。

木槿知道这是老乔在给他的画添诗。诗配着画，才叫诗；画上有诗，那才是画。这是老乔跟他的文友们常说的一句话。木槿见过老乔的很多画。在有一回老乔高兴的劲头上，木槿又开口了："几时，你能不能画一幅木槿画啊？"

"木槿？"老乔眉头一皱，"木槿有什么好画的？长得不美，花期短，生命力也不强。"

木槿就又不作声了。

不作声的木槿真到了不作声的那一天，就在老乔的书画展开展的前一周，木槿离开了老乔。孩子们从四面八方赶回来为母亲办丧事，细心的女儿清点母亲的遗物，在一个常年不开的衣柜里，女儿发现了二十多幅书画作品，全部署名"乔冠楚"。老乔一幅幅地翻看着，其实用不着他细看，他就知道这不是他乔冠楚的作品。画作中间夹着几句诗：

风露飒以冷，天色一黄昏。中庭有槿花，荣落同一晨。

在大学教书的儿子乔天知道，这是唐朝大诗人白居易赞咏木槿的诗。诗是用毛笔抄写的，歪歪扭扭，像小学生刚刚写出的样子。

"母亲没有读过书呢。"女儿说，眼中满是泪水。

老乔扶了扶鼻梁上的眼镜，哽咽着说："孩子们，我知道这是谁的作品了。"

三天后，老乔打电话，决定取消即将在省城举办的个人书画展。

木槿的葬礼在自家院中举行。院子内外，到处悬挂着老乔的书画作品。灵堂的正中，赫然摆出了老乔的最新作品，一幅木槿图。图上题有一诗：

物情良可见，人事不胜悲。莫恃朝荣好，君看暮落时。

葬礼上，老乔声泪俱下，旁若无人一般，抑扬顿挫地诵起了《诗经》中的句子：

……有女同车，颜如舜华。将翱将翔，佩玉琼琚。彼美孟姜，洵美且都……

舜华，是木槿的雅称。

小城的书画界，再没有见过乔冠楚的作品。

男孩清水

我要去找一个名叫清水的男孩。

他是我的学生，高三（3）班的学生，品学兼优的学生。从高一年级到高三年级，我做班主任，他在我班上三年了，从来没犯过什么事儿。还有一个多月就要高考，不用考，他是铁板钉钉的重点大学学生。

可是，他已经有三天没有来上课了。这些日子，他是有些反常，从来不迟到的他偶尔会迟到，有时身上的衣服还脏兮兮的。

他会出什么事儿呢？

我对他的家庭情况太熟悉了。他五岁时，他的父亲在一次车祸中身亡，留下了他和两岁大的妹妹，一年后他们年轻的母亲也改嫁了。好在家中还有爷爷奶奶，年迈的爷爷奶奶抚养着兄妹俩，长年吃着百家饭，后来民政才有些救济，但日子也过得紧巴巴的。初中还没毕业时，清水就想着不读书了，他要用他的肩膀挑起这个家。那个晚上，爷爷抚摸着他的头，轻轻地说了句："孩子，不读书，你的路更窄了哩。"

他又走进了教室。中考，他以全县第二名的成绩进入县一中。他仍然保持着良好的势头冲刺着自己的高考。机遇也不错。高一年级的时候，县里开展"一对一"帮扶活动，清水成为副县长刘日福的资助对象。这样，每学期清水都能从学校领取一千元的资助金。领取资助金的时候也会举行简短的仪式，清水会恭敬地从副县长刘日福手中接过钱，然后小声地说声"谢谢"。刘副县长呢，看到成绩接连攀升的清水，总会说句鼓励的话：

"好好学习，安心学习，你们才是未来的希望啊。"

清水总算能安心学习了。他知道爷爷奶奶多病，尽可能地省吃俭用，将多余的钱帮爷爷奶奶买点药。他知道读初中的妹妹从来没有喝过牛奶，想着有一天帮妹妹买一些那个什么"特仑苏"牛奶。

清水懂事。可是，懂事的他去了哪里呢？

我问过他要好的同学张林，张林说他只是说"家中有事"就走了。我昨天去过清水的家，三十多公里外的一个小村子，他的家，两间小屋，没有任何家电，生病的奶奶卧在床上，他的爷爷刚刚下地去了。清水根本没有回家。

我向人打听到了清水的妈妈的电话号码，接通后，她说，儿子好几年不和她说话，不可能到她这儿来。

我又去了他妹妹的初中学校。他妹妹说，哥哥清水是来找过她，给她带来了两盒"特仑苏"牛奶就走了，临走时，背着个大大的蛇皮袋，袋子里鼓鼓的，像是满满的易拉罐。

我似乎明白了什么。接着，我走访了几个废品收购站，向人比画着清水的模样。果然，这几天，清水都在这些废品收购站卖过易拉罐，而且，有时还不止他一个人。

在县城城东最大的一家废品收购站，我找到了清水。他将满满一袋易拉罐吃力地放在了秤盘上。他的身边，还有几个一般大的孩子。见了我，他有些不好意思："老师，我明天就去上学，明天就去。"

"这几天你不上课，不担心你的高考了？"我反问，有些生气。

"老师，我就是担心影响我的高考，影响我的生活，所以这些天我不上课。"他说，声音不大，但有力量。说着，他指了指身边的几个孩子："这三个是我初中最好的同学，他们在帮我捡易拉罐，有时也低价收购，这一个多月，到昨天为止，我们已经赚了四千五百元钱。"

"赚这么多钱做什么？"我不解。

"归还啊。"他一本正经。见我还是一头雾水，他递给我一张报纸，报纸上的一条消息赫然在目：原副县长刘日福贪污受贿被查处。

这时，清水身旁的同学发话了："老师，清水是得到了刘副县长的资助金才学习的。可是，刘副县长贪污受贿被查处了。清水说，他不能接受贪污受贿的钱来学习，他想着归还这些钱。"

清水接过了话："老师，这五个学期，我一共接受了刘副县长五千元的资助，现在我已经归还了四千五百元，今天应该能赚两百多元吧，您能借我三百元吗？我将那五千元全部还清。"

我还能说什么呢？我木偶一样，从钱包里抽出三百元，递到清水的手中。

第二天清晨，清水端端正正地坐在教室里，满脸的笑容。

中午的时候，我一个在县政府办公室工作的同学王涛打来电话："老陈啊，你们学校的一个叫清水的学生闹了点麻烦，他想将刘日福副县长资助他学习的五千元归还，刘副县长被关进去了他找不到，他将钱送到了我们县政府办公室，还让我们开了收据。你说，这钱，我们怎么办才好啊……"

我拿着电话，没有出声。因为，我也不知道将这钱怎么办才好。

买一份祝福

出差到一座小城，我想顺路去看看一个多年不见的同学。当年大学毕业那会儿，我们都在忙着找工作，只有他一个人，成天拿着本书在校园里

到处转。他的话很少，和很多人都相处不好，但和我的关系不错。老同学说有点事儿，让我在东城门边等等。

等人的滋味是不好受的。好在路边有好几个算命的老先生，时不时地在对着我招手，我知道他们是在招揽生意。反正没有什么事，我就走了过去，到了一个老先生的算命摊前。老先生长须飘飘，很有算命先生的样子。老先生让我报上生辰八字后，就一把拉过我的右手，用他并不粗大的手指指着我的手脉："哎呀，不得了，先生的手相极好，你的一生总会有好的财运的。应该早就买到房子了，也应该快有车子了……"老先生的话匣子一打开，似长江之水，滔滔不绝。我不多说话，只是以微笑应对。末了，我递给他五元。他将胡子一吹："十元啦，这么好的命。"我就又递过五元钱。

老同学还没有来，我向前走了几步远，又有位看相的先生叫过了我："老板，算算你的运气吧。"我就又坐到了他对面的小板凳上。这个看相先生不过四十岁，但似乎比刚才的老先生还会说。他拉着我的手，加一只手按在我的额头上，或左或右地在我的额头上摸了摸，说："先生啊，你这样子真是上了书的，这叫印堂发亮，在单位里准是个头儿，这耳朵嘛，有点大，你知道刘备刘玄德吗？人家的大耳朵垂到了肩头上，人家还不做了皇帝？……"我被他的话语给逗乐了。我从钱包里掏出十元钱递给了他。

身后有车喇叭在叫，我扭头看了看没有理会。车喇叭鸣得更欢了，有人在叫我的名字。我又看了看，真是老同学来了，但曾经瘦瘦的他变成一个胖胖的他，难怪我认不出他了。我上了他的车，车是辆新车，最新款的奥迪。"你小子大变样，发了大财了？"我一拳砸在他身上，大声说。

"哪里哪里，这也许是命里就该有的吧。"他轻轻地说，很是儒雅的样子。

"命？"我倒生气地说，"我刚就找人算了两次命了，一个说我有财运有房子，可我现在没有财运也没有房子，一个说我准是单位里的头儿，我看我只是肩膀上方有自己的一个头。"

"你真的生气了？"他接着说，"这地方我喜欢着哩，不要当真的，但你要高兴才是啊，你是不是只出了十元人民币？只是十元，就能买到这么好的祝福，不好吗？我和老婆吵嘴时，我的股票下沉时，我的心情不好时，我就会来这儿找这些人的，十元钱，多么好的祝福！"

身边有摩托车疾驰而过，摩托车后座上的货物将前方正在算命的长须老先生一把带翻在地。看着老先生的狼狈样，我就打趣道："老同学，你说，这老先生算准了这下会被摩托车带翻吗？"

"他当然不会算准的，他不是将祝福刚才给了你吗？哪里有所谓的命运哟，一切命运，都是握在自己手中的。"老同学说着，将方向盘握得更紧了，像个哲人的样子。

捡到一元钱

丁丁放学的时候，低着头正想着上课时老师讲的数学问题，忽然眼前一亮，一枚硬币躺在他的正前方。

"是谁的钱啊？"丁丁叫道。

身边走过的同学像没有听见他的话一样，照样走着自己的路。

丁丁又叫了一声："这是谁的钱啊？"路边的卖水果的中年男子听了，对正在选购苹果的顾客说："看看，这个十来岁的小家伙也会用一元钱来讹人钱财了。"丁丁不管，他不知道可以怎样讹人钱财。丁丁又在叫

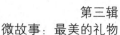

唤的时候，一个五六岁的小妹妹望了他一眼，说："小哥哥，这钱不是我的。那边有警察叔叔，你去问问警察叔叔啊。"

丁丁觉得有道理，将那一元钱捡了起来，跑到正在值勤的警察那儿，说："叔叔，我捡到一元钱，不知道是谁丢的，能交给你吗？"可是，正在值勤的警察像没有听见一样，仍然忙着自己的事儿。丁丁的声音大了一些："叔叔，我捡到一元钱，现在交给你。"

警察叔叔这才转过头，想了想，说："小朋友，这样，你将这钱啊，明天交给老师去。"丁丁想想也是，明天交给老师吧。放学回到家中，丁丁将捡到钱的事对妈妈说了，妈妈说："你确定不是你手中的一元硬币吗？"丁丁连连摇头。

"那你就当是你手中的一元钱吧。"妈妈又说。丁丁的头摇得更厉害了："不行，老师说的，捡到钱物要上交的。"妈妈轻轻地叹了口气。

第二天一早，丁丁一到学校，就找到了班主任刘老师："老师，昨天我在放学路上捡到一元钱，我想交给您。"刘老师没有接过钱，只是说："丁丁啊，这一元钱真是捡到的吗？要知道，拾金不昧在品德评分上是要加分的。捡到钱的时候，有人看到吗？"丁丁想了想说："没有同学看到，只有一个五六岁的小妹妹知道。"刘老师听了，说："这样吧，丁丁同学，你将昨天捡到钱的经过写一写，然后将钱放到我的办公桌上去。"丁丁高兴起来了，这下终于将一元钱上交了。他拿出纸笔，写下了昨天的经过，连同那一元钱硬币放在了刘老师的办公桌上。

下午的时候，丁丁正在上课，刘老师将他叫了出去。在办公室里，刘老师轻声地问丁丁："丁丁同学，你捡到钱的时候，只有一元钱吗？"丁丁眨着大眼睛："老师，怎么了？"办公室里，站着一个老婆婆，是学校门前小卖店的主人。老婆婆拉过丁丁："孩子，做学生要诚实，你昨天真的只是捡到了一元钱？我可真的是掉了一个钱包啊。"丁丁明白是怎么回事了，说："真的，我只是捡到了一元钱。一个小妹妹看到过，还有，十字路口的那个警察叔叔也知道，我妈也知道。"听了这话，老婆婆像泄气的皮球一样，自言自语一样："真的只是捡到一元钱啊，也说不定吧……"

放学回到家，妈妈叫过丁丁："丁丁啊，你昨天真的只是捡到了一元钱？有人说你捡到了一个钱包呢。"丁丁没有出声，转身跑进了自己的房间。泪，从他的脸上滑了下来。

又一天上学的时候，丁丁发现，路上又躺着一枚硬币。他用脚重重地踩了踩，走了过去。

他觉得，那硬币太刺眼。

墨　宝

王家有墨宝，名曰《兰亭序》。这《兰亭序》，当然不是王羲之老先生的真迹，亦非后世欧阳询、冯承素等大家的摹本，大约是明朝时期一位王姓书家留下的墨宝。

这些话当然是如今王家的主人所说。王家主人王平，也是读过几本线装书的人，说些文人的轶事，滔滔不绝。能说的口才让他成了一个小生意人，经营着自家的小副食店。家中的《兰亭序》，是他王家祖上传下来的。爷爷传给他父亲，七十六岁的父亲在弥留之际才将这宝物传与他。想想也是，即便是明朝的一张纸片，到了这20世纪80年代，也算是值钱的文物了。更何况是《兰亭序》，还是王姓祖人书写的。

这祖上传下的《兰亭序》，肯定是王家的传家宝贝了。

成了小生意人的王平，没能够写上毛笔字，成为王家书法传人。他将希望寄托在了儿子王如飞身上。王如飞才十岁，读小学四年级。练习书法，得从小做起。事不宜迟，刚上小学四年级的王如飞，被父亲王平请到了新买的大方桌边。大方桌上，笔墨纸砚俱全。大方桌正对面，传家宝《兰亭序》挂在墙上。

他让儿子临摹《兰亭序》。

儿子王如飞也不反抗，写写毛笔字，总比干巴巴地做作业强多了。做完老师布置的作业，拿起一旁的大毛笔，可以自由地横竖运笔，王如飞如鱼得水一般。练习完基本笔画，王平就让儿子学着临摹《兰亭序》。临摹了两个多月，有些样子了。这一天，儿子王如飞带回了班上的同学李丁，两人一块儿做作业，做完了作业，两人一块儿临摹《兰亭序》。才过了两周，李丁做完作业临摹了字帖回家之后，王平叫过了儿子："如飞啊，知道你这同学李丁来做什么的吗？"儿子摇了摇头，一脸茫然。王平就拉过儿子，说："我给你讲个故事吧。"

故事说的是王羲之老祖宗的《兰亭序》。传给七世孙智永和尚，和尚没有子嗣，传给了最得意的弟子辩才和尚。辩才和尚严严实实地保护着《兰亭序》大宝贝。这一年，他结识了一个落魄书生萧翼。萧书生每日与辩才饮酒赋诗，弈棋游乐，好是投缘。几月之后，两人醉了一场酒。酒醒之时，萧书生不见了，墨宝《兰亭序》也不见了。原来，这萧书生正是当朝天子李世民派来赚走宝贝之人。

儿子听到这里，就懂了大意："爸，你是说，我同学李丁，他不是来和我一同做作业练书法的，是来偷取我家的宝贝的？"王平摸了摸儿子的头，竖起了大拇指。

但是，不能拒绝同学李丁来做作业的热情。李丁是学校李校长家的孩子，李丁要来，王如飞当然同意。只是，每天傍晚，从做作业开始，王如飞的心就挂在了那幅《兰亭序》上。等到临摹时，王如飞的眼也就盯在了《兰亭序》的每个字上，他担心，李丁会在哪一刻偷走他家的传世宝贝。那个李丁呢，像没事儿的样子，潜心书写着每一笔每一画。可是，李丁越发静，王如飞就觉得他来偷宝贝的可能性更大。有时，做着生意的王平也不放心，进到书房里，看两个孩子练习书法。其实，他也是担心着，这个李丁会用什么主意拿走家传宝贝。

王平想过取下那幅传家宝贝，但他没有，一则自家的儿子要练习，二则前不久李校长打电话来了，感谢王家提供了场所让儿子李丁做作业、练习书法。他觉得，自己犯不着得罪李校长，儿子也犯不着和同学李丁关系闹僵。他俩在一块儿练习就练习吧，只要我和儿子多一只眼睛就行了。

王平和儿子王如飞的眼睛，一双长在了自家书房墙头的《兰亭序》上，一双长在了人家儿子李丁身上。李丁呢，每天，认真地做完作业，然后全身心地投入到《兰亭序》临摹之中。

时间飞快，王如飞和李丁就要进入到中学学习了。一脸惊讶的儿子王如飞拉住爸爸王平："你说，李丁不是瞄上了我们家的墨宝吗？这三年了，为什么我们家的宝贝还是挂在我们墙上纹丝不动？"王平一言不发，好久，才说："你看，他不是没有偷走我们家的宝贝吗？"

这一年八月，全省中小学生书法大赛作品展在省城文化宫举行。展览大厅的正前方，悬挂着一幅新近临摹的《兰亭序》，行笔生动，气韵流畅。细看，墨色如烟，跃然纸上，摹写精细，牵丝映带，纤毫毕见。数百字之文，无字不用牵丝，俯仰袅娜，多而不觉其挑，其笔法、墨气、行款、神韵，像极了王羲之原作之风貌。画作的落款处，附上了小小的"李丁"二字。

王平和儿子王如飞站在画作前，沉默了很久。王平这才想到了儿子王

如飞的书法水平，前天也临摹了一幅《兰亭序》，他实在不敢启齿。

他拉过儿子王如飞，口中喃喃："李丁偷走了我们家的墨宝了，李丁偷走了我们家的墨宝了……"王如飞满脸的迷惑："没有啊，我们家的《兰亭序》不是还好好地挂在我们家书房的墙上吗？"

不要看我

林方在吃早餐时，很幸运地端到了牛肉坊的最后一碗牛肉面条。这牛肉坊，每天限量供应牛肉面，那没吃着的顾客只能等到明天再来。

林方满脸笑容地端着面条走向角落里的一个座位。他将要坐下时，很不幸运地，他右腿的裤管像被吸住一样，连在了座椅的一端，就那么轻轻一拉，裤管裂开了个小口子，一厘米长短。他刚才的兴奋劲一下子像只鸟一样，飞得没了影踪。他三口两口地扒了几根面条，那碗中他最爱的牛肉，也没有动上筷子。

裤管上的小洞像只眼睛一样，盯着他的脸。更像只小人的嘴，正对着他哈哈大笑。

他迅速地离开了牛肉坊。

就要到上班时间了，家离他上班的地方远着呢，他回家去换条裤子已经是不可能了。他也想着去买条新裤子，可是，这么早，哪家的服装店开门了？再说，急急地购物，也不会买到什么好的东西。

他担心人家看到他裤管上的小洞。一个男人，一大早穿着件破了洞的裤子在街上走，那是让人笑话的事。他紧贴着街面的右边行走，这样他右腿的裤管就靠着墙面了，那破洞的一侧就不会有人看见。他小心地行走着，边走边看着那个小洞。小洞时开时合，挑衅似的，像对着他做着游戏。

上班的地方离牛肉坊并不远。经过门卫室，门卫老刘照常和林方打着招呼："吃过早餐了没啊？"林方像没听见一样，径直朝里冲。他右边的腿，迈得比往日快得多，带动着左边的腿，飞一般地，进了自己的办公室。

不要看我。林方心里说。

一进办公室，他没有跟早到的同事打招呼，也没顾上喝茶，就想着怎样处理这裤管上的小洞。他坐在自己的座位上，先是找了根别针，小心地别在破洞口，但是感觉别针有点扎人，怪难受的。他取下了别针。他想着用订书针连起，但订书针太小裤子太长，使劲使不上。

他心里干着急。电话来了，领导让他去拿份文件。他出了办公室，仍然靠着墙根行走，右腿时不时地跛一下，为着掩饰那破洞就要张开的小口。进了领导的办公室，他一句话也不多说，接过领导递过的文件，直接回自己的办公室。他右手拿着文件，手臂自然地下垂，不想，得来全不费工夫，这文件，天然地遮住了右边裤管上破洞那一片。

他顿觉轻松起来，走得慢悠悠。到了办公室，他放下文件，觉得失去了自己的保护伞。他又开始想着法子了。他想起了透明胶，那宽宽的透明胶，不正好可以从里边贴上去，封住那哈哈笑的破洞吗？想到就做，他拿出了透明胶，轻轻地剪下一截，慢慢地按在裤管小洞的内侧。果然，那张着嘴的小洞不见了。不过，那儿还有一条缝，像条刚刚愈合的伤口。

可是一走动，那透明胶就松动了，那小洞，又得意地咧开了嘴。林方不得不用右手拿起了文件，走路时自然下垂，遮挡那破洞。要上卫生间了，他也拿着那份文件。

我不能让你们看到我裤管上的破洞。林方心里想。

好不容易挨到了下班。林方坐上了公共汽车，那份有着巧妙用处的

文件，当然在他的右手中。回到家中，右脚刚迈进门，老婆红子叫上了："怎么了，林方？你的右边裤管破了这么大的一个洞？"林方没想到，自己用文件伪装着，也让老婆这么轻易地发现了。

第二天上班，林方换了条裤子。经过门卫室时，他先问候老刘："吃过早餐了没啊？"进了办公室，他主动做清洁。最要好的同事李新笑道："嘿，林方今天换了个人一样哩。"林方也只是笑，说："你说错了。昨天的林方就像是换了个人哩。说说，你们昨天发现没有，我右边裤管上破了个洞，像张小孩子的嘴一样大小，看见了没？"

"没有啊。"李新说，"我反过来问问你，前天我刚理了头发，那个笨手笨脚的理发师将我的头发剪了好大一个窟窿，你上班时发现了没？"林方摇头。

右边坐着的张姐也说话了："我是细心的人，但我也肯定没有发现。我来问问你们，我上周五上班时穿的是我老公的外套，你们发现了吗？"林方连连摇头。

上班了，林方像没了精神，他在心里喃喃道："明明我右边裤管上破了个洞，他们昨天怎么会没有看见呢？"

爱上喝酒

大林这些天爱上了喝酒。

每天晚上到家，浑身总是酒气熏天，像从酒缸里爬出来一样。清晨时，大林清醒了，老婆红子面对面地和他谈心，请他不要喝酒。大林满口答应。可是，到了晚上，大林照样是满身酒气回家。

好几天都这样，红子抱怨开了："再喝，你就别回来。"喝醉了的大林连连点头。可是说归说，大林照样喝得醉醺醺。晚上敲门门不开，大林就坐在家门口。一会儿，红子当然自觉地打开了门，还忙不迭地为大林泡上一杯醒酒茶。其实红子可真担心了，大林上个月到医院查过，说是有高血压，还有什么高血脂，这怎么能喝酒呢？她替他换下了满身酒味的衬衫，就想，明天得看看，他都和谁一起在喝酒。

第二天晚饭时间，红子就盯上了大林。在一间小饭馆里，大林又和一帮哥们儿喝上了，那中间还有大林最要好的中学同学王兵。几个人推杯换盏，喝得正在兴头上。红子见了，也不好上前，不然就是打了大林的脸了。

接连几天，红子照样盯着大林，她发觉，除了喝酒的地点挪动了一下，喝酒的人倒没有多大变化。有时你买单，有时他买单，倒显得其乐融融。

红子没有办法，在又一天的上午，他们还没有开始喝酒之前，她有些不高兴地拨通了王兵的电话："你说说，为什么总是要和我家大林一块儿喝酒啊？"

王兵听了，倒有些生气："你不说说你家的大林，反过来还责怪我们？就是你家大林，每天都缠着我们，让我们陪他喝酒。我家的那位，天天骂我哩。"听了这话，红子也心平气和地向王兵求教了："王兵啊，你说说，怎样可以让大林不喝酒啊？"

电话那头的王兵顿了一会儿，说："我听人家说，喝酒了是不能开车的，大林的驾照已拿了快一年了，不如你就去买部车，让大林开开，他肯定不会再喝酒了。"说完，王兵挂了电话。

红子一想，也是啊，为什么我没有想到呢？去年5月时，大林就拿到了驾照，不如现在去买部车，让交警来管管我家的大林，看他还喝酒不？

打定主意，第二天红子就叫上了大林，到车行买了部"小丰田"回家。开上了车，大林果然不再喝酒。有时回家早了，他还帮着红子做做家务。

这天红子下班回家早，拿钥匙轻轻开门进来，大林蹲在卫生间里正打电话。红子多了个心眼，知道大林正和王兵通话。隐约地听到大林在说："老同学啊，谢谢你了，去年我就只差向她下跪了，让她为我买部车，她总不答应，说家中的钱还不多，过两年再说买车的事儿。这下，只是哥们儿吃了几顿饭，象征性地喝了点酒，再将酒精洒在衬衫上，让我满身酒味地回家。就只是这几回，红子就主动买了车，真谢谢你啊……"

红子听了，拿着钥匙的手停在了半空，心里又急又气：这个大林，喝酒就是为了买车啊……

寻找U盘

我的U盘不见了。

我的U盘一直放在我的裤兜里，三年多了，从来没有丢失过。

我的心里很着急。一个U盘值不了几个钱，但不只是U盘本身价值的问题。那U盘里虽说没有陈冠希那样的艳照，但是有我所有的资料，还有我最近写好的两篇文章。

我得找回我的U盘。

我对我要好的几个同事说，我的U盘丢了。我对女儿和老婆说，我的U盘丢了。我得让他们帮着我找找。

我认真分析了我丢U盘的时间，应该是在昨天。我又仔细回忆了我昨天用过U盘的时间，以及丢失U盘的大概时间。我的U盘，不是在单位丢的，就是在家里，还有更大可能就是在从单位到家里的路上。这些天，我总是走着上下班的。

我在单位我的办公桌里，认认真真地寻找了三遍，一无所获。我在家中，搬开了沙发，挪开了电视机，移动了书柜，几乎翻了个底朝天，但还是个空。

从家里到单位的路程不过三里多路，我得在路上认真找找了。

我的目光在从家里到单位的路上搜寻着，如猎犬一样。没有想到，我大有收获。我先在在单位门口捡到了一只手表，崭新的。然后在路上果真找到了U盘，而且是两个U盘。可惜，那两个U盘都不是我的。然后，我在路上又捡到了钱，有一张百元面值的，还有三张二十元面值的，还有，就是十多枚硬币。还有，我在路上还捡到了三本书，应该是学生掉下的。我还捡到了一本结婚证，刚刚办理的，合影照片上的男孩和女孩幸福地笑着。想想啊，这刚刚办理的结婚证怎么也会丢失啊？

但是，我的U盘还是没有找到。

到了单位，几个同事很热心地递上几个U盘，说，哥们儿，这都是我们在路在寻找到的，看看，是不是你的？我感动得热泪盈眶，接过那几个U盘，一一辨认。还是遗憾，一个也不是我的。我将那几个U盘一一归还给同事。同事却说："这东西是捡来的啊，也不是我自己的，送给你算了吧。"我只得暂且收下。

晚上回到家中，女儿早就等着我了。她提着个塑料袋，对我说："老爸，你看看，我发动了我班上的同学来帮你寻找U盘，今天他们在上学路上捡到的，有四十多个U盘，你看看，有没有你的？还有，谢谢你了，老爸，我的同学在路上捡到了好多东西哟，有银行卡，有身份证，有

人民币，有钥匙，我们都交给了学校，我们班集体受到了学校的通报表扬……"我一愣，就一个上学的时机，孩子们就捡到了这么多的东西啊。我将女儿带来的U盘又一一辨认，很可惜，仍然没有我要找的U盘。我将装有U盘的塑料袋还给女儿，说："你还是带回去交给学校吧，这里面没有我的U盘。"女儿面露难色，但还是收下了："好吧，我去交给班主任刘老师，让她去处理吧……"

老婆在一旁见了，拿出了个新U盘："不要找了，我给你买了个新的。这个世界，每天遗失东西的人不知道有多少哩。你还只是掉了个小小的U盘。看看，这下子你还要处理你捡到的一些垃圾了……"

我的U盘没找着，我的事情却来了。我得上市民政局，将那新婚夫妇的结婚证交给他们，让他们通知小两口来领取。我得出张招领启事，让人家来我这儿领取崭新的手表。还有，有点麻烦了，那些捡到的人民币，我应该怎样处理呢……

这个世界，怎么每天有那么多的人遗失东西呢？我一直纳闷儿。

大项目

彼埃德老头这几天高兴得不得了，他手上最大的项目已完成了大半。还有一年，他就大功告成了。

可是，家里出了点小麻烦。在他家工作了近二十年的女佣爱丽丝不做了，她乡下的儿子要结婚，结婚了就会生儿子。她得回到她的乡下，准备带她的孙子了。

老头儿准备雇佣一个新的女佣。

女佣不是随便说说就能来的，这一点老头儿心中明白。他是科学家，手中的大项目，是国家安全委员会主任直接向他布置的。他知道，这个大项目的研究成果，将会对世界安全产生影响。

第二天，上头就来了人，说："科学家，你好。我叫卫斯，这女佣的事，我们帮你去寻找。"

"第一点……"卫斯说。

彼埃德老头接过了话："我知道你会说什么，第一点，当然是不能太漂亮。太漂亮的女佣会是某些国家的特工。"

"第二点，不能太年轻，太年轻的女人也可能会是某些国家的特工。"卫斯又说。

"还有，女佣的文化程度也不能高，在你身边，有文化也是坏事哩。"卫斯还说。

三天了，卫斯在这座城里转了三天，也没有个结果。第四天的傍晚，在城东商厦的楼脚下，卫斯带回了一个女人。

"科学家，这就是你的女佣。"卫斯对彼埃德老头说。

不用说，彼埃德老头知道这些人对这个女人进行过严格调查。四十三岁，来自遥远的北方，小学文化，只会简单的英语。那长相，黑黑的皮肤，瘦长的脸，两只眼珠子却大，极不相称。

不过，当晚一碗热腾腾的面条，让彼埃德老头感觉到了家的温暖。吃过面条，老头问女人："你的名字叫什么？你的家在北方的哪儿？"

可是女人不说话，好久，彼埃德老头才听出这女人名叫玛丽金罗。这名字也不大好听哩，老头儿在心里想。

老头彼埃德又开始了自己的潜心研究。

每天，女佣玛丽金罗会准时地为彼埃德老头准备饭菜，清洗衣物。每晚11点30分，会有一碗热气腾腾、香气扑鼻的面条送到老头儿手中。

老头儿知道，女佣不知道他在做着什么。她知道的，只有面条和衣物，还有，每月及时给她的并不菲薄的薪酬，她会迫不及待地寄往北方的家乡。

老头儿手中的大项目进展相当顺利，还有一周，他就完成了所有的任务。他在心底感激这四十三岁又丑又黑的玛丽金罗。其实，她一直陪伴着他，他一直吃着她做好的面条。他喜欢吃她做的面条。他又想了想她的面容：黑，健康的颜色；那两颗大大的眼珠，像两颗大大的葡萄，居然有着少女般水汪汪的样子。

老头儿笑了。

他的大项目完美收官。他轻轻地拉过玛丽金罗："亲爱的，今晚我请你去吃烤鸭。"玛丽金罗幸福地笑着点了点头。

晚上8点，帝国大厦19楼，一同乘坐电梯上楼吃烤鸭的玛丽金罗不见了。老头彼埃德敏感地知道了什么。他飞快地奔回自己的工作室。在那堆积如山的资料里，他知道自己的资料今天被人动过。大项目的研究成果，被人复印之后放回了原处。

老头彼埃德点燃了一支烟。

8点23分，帝国大厦19楼，老头彼埃德和女佣玛丽金罗快乐地吃着烤鸭。玛丽金罗将一块最肥美的烤鸭放进了老头儿的嘴里。

深夜，玛丽金罗走进了老头彼埃德的卧房，说："亲爱的彼埃德，我做了一件最对不住你的事儿。"

老头儿沉默了一会儿，说："没想到，你，也会是S国的女间谍。"

"是的，你们不会想到，四十多岁的没有文化的我会是女特工。"玛丽金罗重复说。

"其实，我可能知道你取走我资料去复印的时间。"老头儿说。

"为什么不现场抓住我？"

"我研究出来的这种成果，能有两个以上的国家掌握着，是最好的归宿。"老头有些得意地说。

"可是，你为什么不逃走，却要回来呢？回来，就是死路一条。"老头儿又问。

女佣玛丽金罗痛哭流涕："亲爱的彼埃德，我爱你，我，只想和你生活在一起，哪怕只是多那么一天，一个小时……"

时间似乎凝滞了。老头儿彼埃德，又遇上了一个科研难题。

最美的礼物

这几天，小战士哲宇的眉头缩成了团乌云似的。

"这小子，他心中一定有事儿。"班里的战友们笑着说。

在这西南边陲的小哨所，驻扎着他们这个班。说是个班，也就五个人。班长刘大力年龄最大，古铜的肤色展示着他的魅力。戈文、小天，是前年来的；张峡和哲宇一样，是去年的新兵。

"傻小子，又想小雪了？"张峡笑着问。小雪是哲宇的女朋友，两人上高中时就好上了。

可是哲宇仍然不出声。

"哲宇，你还是不是山东大汉？有什么心事不能解开的？你看一看远方，那云，多么白；那天，多么蓝！"班长刘大力声音大一些。

哲宇抬了抬头，还是不出声。他望了下远方，一朵一朵的白云，像软

软的棉团，又像是慢悠悠吃着草的绵羊；那蓝天呢，倒像是一片海了。

战友们不清楚他心中到底想的是些什么。

谁知，第二天下午，哲宇高兴地唱起了歌儿："洁白的羊群，静静的湖水……我爱你，我的家，我的家，我的天堂……"

他的手中，拿着一把铁锹，正在哨所前边的一块空地上挖着土，脸上挂满了笑容。一会儿，他从衣袋里摸出了几粒种子，均匀播撒在土壤里。

"小子，你是在种庄稼吧？"戈文说。

"你不会在种玫瑰花吧？"小天问。

"你这种子从哪儿来的啊？"张峡也问。

哲宇笑着说："种子啊，我昨天下山时，在小镇上向牧民讨要的。"

"那你种的到底是什么啊？"班长刘大力似乎更急切。哲宇神秘地笑了笑，说："过些天你们就会知道了。"

"可是，在这座山上，这块贫瘠的土壤里，鸟屎也没一颗，能长出什么东西来啊？"班长刘大力提出了自己的疑问。

"我想，应该会长出来的。"哲宇慢慢地回答。

每天，太阳升起，太阳又落下。日子，在哲宇每天给那片土壤浇水时轻轻地流走。哲宇掰着手指算着，也不知浇过了多少天的水。终于，在一个清晨，哲宇的声音把战友们叫醒："快来看啊，我成功了，发出新芽了。"

嫩嫩的几株芽儿，在风中瑟瑟地抖着。有些瘦小，却像跳动着的小星星。

小星星慢慢长大。十多天后，战友们看着长大的小星星笑了起来：傻小子，你种的是向日葵啊。

哲宇也哈哈大笑。他拿来相机，对着成活的四株向日葵不停地拍照。他的话就多了起来："你们说说，向日葵有哪些特性？"

"向日葵啊，喜温，耐寒，耐旱。"小天回答。

"向日葵，当然收获的是葵花子，可以吃。"戈文说。

哲宇就一本正经起来："你们两个，没有说出向日葵最本质的特点。"他来了精神，不停地开始讲解："这向日葵，当然是向着太阳啊，我们都是一株株的向日葵，我们也要向着自己的太阳……"

"哦，原来这是你小子送给你的太阳——你的女朋友小雪的礼物啊。"班长刘大力恍然大悟。

哲宇得意起来，他将照片用微信发给了小雪："雪儿，我在遥远的西南种下了向日葵，这是送给你最美的生日礼物。你在山东，我在西南。每天，向日葵注视着太阳从你生活的东方升起；每天，向日葵迎接着太阳在我这西南落下。我，就是你的向日葵……"

看着文字，一旁的战友们像静止了一般。不远处，有不知名的小鸟儿唧的一声跃起，冲向蓝蓝的白云天。

知道疼痛的鱼

昨天，我打电话给张力，向他表示着谢意。

张力是大洋海产品公司的老总。我说："老同学，谢谢你上周对我们热情的招待。我的女友小木玩得特别开心，她特别让我打电话感谢你公司的姚边主任，说他特别细心周到……"

我的话没说完，张力的话回了过来："不用谢了啊。那个姚边主任，前天办了辞职手续了……"然后，只听到了电话忙音。我知道张力每天挺忙的。

可是，那个姚边主任，那么好的一个人，怎么会辞职呢？我在心里疑惑着。小木听了也不解。

上周，正是三伏天的时节，按照我的年初计划，我得到江浙的海边去采风。我的目的地是岱山，那儿气候宜人，景色旖旎，海岸、洞、山、沙滩、奇礁、怪石、古迹遍及全岛。

女友小木一听，来劲了，说要陪我去，可以一起去吹吹海风，吃吃海鲜。我当然答应，这么热的天，有人相陪，岂不乐乎？我心里知道，那海边有我老同学张力在做着海产品公司的老总。打了电话，张力正忙，说："欢迎欢迎，没问题。"但是他在外出差，委托他公司生产部的姚边主任全程接待我们两人，想怎么玩就怎么玩吧。我也不可能改变行程，再说张力不在这儿也没问题啊。

坐了两个多小时的车，我们终于到达海边。张力的大洋海产品公司就在海边。

姚边主任站在公司门口迎接我们的到来。他四十多岁了，中等个儿，因为阳光太强的缘故吧，脸有些黑，但黑黑的脸上总是带着笑意，让人很容易接近。

"欢迎男才女貌的一对儿……"姚边说。他笑，我们也笑。

两天的时间里，他将我们在海边游玩的计划安排得合理而有趣味。天有些热，他安排我们海边游泳，还请了公司的两对情侣陪着。游泳累了，我们就在海边的阳伞下摆开桌子，吃着海鲜，喝着啤酒，吹着海风。黄昏时，姚边主任还带着我们在海边转了转。一边走，他一边向我们讲着和海有关的故事。有好几个我们听过了的故事，但从他口中再讲出来，味儿又变了，十分有趣。

最有意思的是第二天的自捞海鱼活动。这海鱼，当然不是那名著中的大马林鱼，其实是大洋公司自己在海边喂养的。叫什么名儿，我们记不住了。姚边主任教会了我们使用渔网的方法。我和小木就开始忙碌起来。第一网下去，我们居然捞上来六条。小木见了，大叫道："有意思，有意思，这鱼儿，就是我们昨天吃过的海鱼，我最喜欢吃这种鱼，个儿小一些的最好吃了。肉鲜嫩一些，味长一些。"

我当然听小木的。这下，我知道我们捞鱼的目标了，捞上的鱼，大个儿的，我们又放回了海里。小个儿鱼，我们放进了鱼桶。姚边主任站在一旁，默默地看着，似乎想和我们说话，但看到我们的样子，又止住了，有时还会有微微的笑意。

一个小时不到，我们捞到了三十多条小鱼儿。这三十多条小鱼儿，就是我们两人中餐的一盘菜了。

中餐就在大洋公司的餐厅进行。居然，我发现，一直陪着我们的姚边主任不见了。问了问餐厅的经理，说他有点急事回去了。我们晚上返程的时候，也没见着姚边主任。

难不成是因为我们的原因，姚边主任辞职了吗？我更加疑惑了。

我拨打张力的电话总是占线，于是拨通了大洋海产品公司行政办公室的电话："你好，我找一下姚边主任。"

"他不在。他已经辞职了。"我知道，接线员是个姓刘的女孩。

"小刘啊，我是上周去你们那儿玩的大陈，张总的同学，你能告诉我姚边主任为什么辞职吗？"我轻声说。

电话里的女孩停顿了一下，说："哎呀，还是说给你听吧，你们知道你们那一天捕鱼捕的是什么鱼吗？是小米鱼，还没有长大呢。小米鱼也贵着哩，你们一下子捕了三十多条。还有，你们知道没长大的鱼被抓了会疼痛吗？"

我拿着电话的手，久久地停在半空。

我拨通了张力的电话，让他告诉了我姚边主任的电话号码。我拨打着这个号码。可是，电话那端，一直传出一个女声："您好，您所拨打的电话已停机……"

小木轻轻地依偎在我身边，我们两人，真不知道怎么办才好。

胜 利

在这座无名山头，发生了一场极其惨烈的战斗。

山坡上全是死尸，身首异处的，人和马的，横七竖八地堆积着。但是，战斗还没有结束。呐喊声，马嘶声，似乎就在四周。

一个黑黑的汉子，左腿跪地，右手拄着一把长刀，慢慢地站起身。血，像晚霞一样染红了他的脸。

"龙帅——"有声音从他的身后响起。

"龙帅，龙——帅——"又有声音从不远处传来。一会儿，从死人堆里站起了十二条汉子。他们低沉地哭喊着："龙帅——"黑黑的汉子从口中吐出了一口鲜血，叫道："兄弟们，站起来。刘三，看看还有多少兄弟。"从人堆中走上前一个少年，少年高声叫道："回龙帅，加上您，一共十三位兄弟。"

呐喊声和马叫声仿佛就在耳边响起。敌军就在千米之外了。十三人，全都清楚地听得出，这下来的应该是百人以上的马队。

"龙帅，我们十二人掩护你，快些走吧。你活着，就能东山再起。"最左边发出了一个苍老的声音。这是一员老将，须发全白了。

"须爷，我不能走。"龙帅开口说，声音很重。

一声清脆的马鸣传来。

"是玉面驹。"刘三兴奋地叫道，"龙帅，这下您可以出去了。"大伙知道，玉面驹是龙帅的坐骑，跟着龙帅十六年。玉面驹日行千里，夜行八百，可以与关云长当年的赤兔马齐名，称得上是神马了。

像一阵风一样，玉面驹靠在了龙帅的身旁，用它黑长的脸轻轻擦着龙帅黑黑的脸。

"龙帅，上马吧，为着有朝一日，东山再起！"须爷苍老的声音又响起。

"上马吧，龙帅！"十二个声音同时响起。

刘三靠近龙帅，和须爷将受伤的龙帅推上了玉面驹的背。刘三拍了一下玉面驹的头，玉面驹轻快地起身，向远方奔去。

须爷的声音又响了："兄弟们，保护龙帅突围，我们血战到底！"

"我们血战到底！"如雷的声音同时响起。敌兵，足有百余骑，正在靠近。

忽然，玉面驹又是风一样地回转向营地，龙帅像只铁桶一样，落在了地上。刘三一看，大哭起来："龙帅，你为什么要这样？"十二双眼睛齐刷刷地扫向龙帅，龙帅的那把砍下过无数敌兵首级的长刀，深深地插向了玉面驹的咽喉。有血，像喷泉样溅出。

玉面驹像一座山一样，缓缓地倒在了地上。它的眼睛，圆圆地睁着。

龙帅安然地抽回长刀，站在了十二人的最前边。

百余骑敌兵，像蝗虫一样涌了过来。十三人，像十三只大鸟，冲向了蝗虫的中央。

又一场更加惨烈的战争开始了。

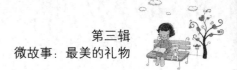

天 使

午后的阳光像金子一样铺在这条小街上，不远处的河面吹来清凉的风。

杰斐逊又重重地叹了一口气。要是在前些年，或者只是两年前，这样的时节，他一定惬意地坐在石街的石凳上，慢慢地铺开画架，轻轻地挥动画笔，柔柔地将小街的风景缩进自己的作品之中。

可是，他不能这样做，他没有心情，现在。

这条小街，在这座小城是闻名的，以艺术闻名于世。艺术的气息，吸引着世界各地的艺术家们来了。画家，作家，音乐家，他们像一只只飞翔的鸟儿，飞到了这条小街，追寻着自己心中的艺术。但是，梦想与现实总是有着出入，有着天壤之别。这两年，艺术的环境太坏了，不知是经济萧条的原因，还是说不清的其他什么原因，艺术家们的作品不值钱。艺术家们似乎被淹没了一般，也没有什么名气。上个月，一幅世界名画，在纽约也只拍卖了六千美元。

画家，作家，音乐家，这些所有的艺术家，他们像破产的小作坊主一样，艰辛地朝着梦想行走。他们卖不出自己的作品，他们也根本没有自己的经纪人。他们的生活，举步维艰。好些日子，那个六十多岁的音乐家布克，一天只能吃上一顿饭。

"杰斐逊，你家不是有钱吗？"作家马克在今年的春天里，向他打趣道，"那你救救大伙吧，你用你手中的钱，买下一些作品吧。"

　　杰斐逊想着马克的话。"可是，这能成吗？"杰斐逊心里说，"家中的房产是老父亲留下的遗产，那也是自己一生的倚靠啊。"

　　但杰斐逊没有拒绝前来向他求救的艺术家们。他变卖了老父亲留下的遗产，收购着艺术家们送上门的作品。老布克的两支钢琴曲，杰斐逊给了他四百美元，足够他两个月的开支了。马格的一本刚刚完成的小说《前进》的版权，也卖给了杰斐逊，不到二百美元。美术家们送来的作品更多。米开罗的雕塑，送来了十件，给了他八百美元。大画家刘更斯的巨幅风景画，给了他三百二十美元。

　　"杰斐逊先生，收下我的这幅《小猫》水彩画吧，您随意给点钱，我的肚子已经饿了好几天了。"刚来小街三个月的李尔顿低声地求他。杰斐逊摸了摸自己的口袋，给了他六十美元，收下了他的《小猫》。

　　杰斐逊觉得自己有些吃不消了。这条小街的艺术家太多了，几乎每个人都到过他的小屋，他们冲着杰斐逊说："亲爱的杰斐逊，你是大富翁，你是大善人，你得让我们活下去。"三百多位艺术家，在杰斐逊家里穿梭似的来来往往。他们得将这两年的作品卖给杰斐逊。

　　也只有这三个月的时间，老父亲留下的遗产，就变成了杰斐逊租住屋屋角的一堆作品，不，也许是一堆垃圾。在某种意义上说，是这些可爱又可恨的艺术家们瓜分了老父亲的遗产，杰斐逊在心里说。

　　杰斐逊没有心情再去追求自己的艺术了，他的心爱的画作《天使》，只画到了一半。他得成天应付小街的这些艺术家们。尽管这样，他觉得自己已经到了底线了。他关上了自己小屋子的门，因为他手中已经没有钱了，父亲所留下的遗产，全部用尽。

　　他当出了母亲生前留给他的一枚戒指，那是他二十岁时母亲给他的成年生日礼物。他当出了戒指，用所得的最后一点钱，将这些由遗产换成的已经打成大包小包的艺术品，寄存到了这里最大的运通银行。他数了数大包小包的数量，足足有十二包。

杰斐逊觉得，这就是父母留给他的遗产了。他得珍爱这些遗产，尽管这些遗产像是一堆废物，几包垃圾。

杰斐逊成了艺术小街最落魄的艺术家。他的衬衫，已经两个月没有换洗了，因为，他只有这样一件衬衫。每天，找不到吃的，他就到处跑到处找。好在那些艺术家们只要自己有一点吃的，就会分给杰斐逊。

日子慢慢地朝前走着。

杰斐逊偶尔也会画上一幅画，灵感似乎比以前还要灵。那些艺术家们，也像脱胎换骨一般，作品不停地问世。五年，也只是五年，老音乐家布克，作品进入了维也纳金色大厅，大家欢呼不已。作家马格成了大作家，他的小说，据说已经开始冲刺诺贝尔文学奖了。大画家刘更斯，成了更大的画家，每平方米的画作，居然就是一栋楼的价格。

又是一个阳光灿烂的日子。杰斐逊慢慢地打开自己的画夹，他想起了当年没有完成的心爱的画作《天使》。他想继续画完这幅画。

有人靠近了他。"杰斐逊先生，你是杰斐逊先生吗？"围拢来了一群人，最前头的大胡子男人说。

杰斐逊点了点头。

"杰斐逊先生，我是纽约出版商渥太华，想买回作家马格当年的小说《前进》的版权，一百万美元，我等着出版。"大胡子男人先说。

后边的人就跟了上来。

"杰斐逊先生，我想收购音乐家老布克的一支钢琴曲，你当年不是收藏了两支曲子吗？我用我祖父留给我的一栋楼房作为代价。"一个中年人说。

一个瘦小的男人又说："杰斐逊，我只想买下当年你以六十美元收下的《小猫》，六千美元行吗？我只有六千美元。"

一个漂亮的女孩靠近了杰斐逊："艺术家，我是露丝，美院毕业，我想，我能成为你的女朋友吗？"

杰斐逊一下子怔住了。那十二包垃圾一样的东西，他似乎已经忘记了呢。

十二包，足足有八百多件作品。

杰斐逊知道，他又得为这事儿发愁了。他又担心了，他心爱的画作《天使》什么时候能够完成啊？

你是我的眼

这一年的七月，我实现了多年的愿望，终于坐上了到西藏去的列车。

虽是夏季，还是有些寒意。我和女友小木，在列车上一路说着话，相互取暖，开始了我们快乐的西藏之旅。

车到念青唐古拉山，有几分钟吸氧的时间。我们虽然年轻着，却也感受到了缺氧的困难。在山口，不少游客下了火车，去欣赏这念青唐古拉山的美景。有人迅速拿出相机，拍照留念。我和女友小木，也下车留下了几张幸福的照片。在近旁的几位游客中，我发现了一位特殊的游客。

一位老太太，白色的头发，面部是红润的，但这种红不是正常如童颜般的红，有着明显的不适应症状。但是，白发老太太的脸上，总是漾着浅浅的笑。

我们走过去，说："奶奶，帮您拍张照片吧。"

老太太笑了笑："不用啊。美在我心里呢。"

听了这有些意味的话，我们来了兴趣。回到列车上，我们和老太太攀谈起来。老太太姓杨，今年六十三岁了。

小木发话："奶奶，您身体硬朗着哩。"

"哪里哟，我有高血压高血脂，得注意点才好。"

"奶奶，您是第一次来西藏吧？"我说。

白发老太太一听这话倒显得自豪起来："不哩，我是第十八次到西藏了。今年是第十八次了。"她将"十八次"说得很重。

这下，我们的疑惑就更大了："奶奶，那您为什么要来这么多次数？再说，您的身体也受不了啊。"

老太太的话匣子就打开了："年轻人，我看你们是情侣吧。我给你们讲个故事吧。"

"曾经有个年轻人，爱好登山，喜欢挑战自己。他更向往西藏，一直想要去看一看西藏的美丽风景，顺便到喜马拉雅山挑战登山。十八年前，年轻人终于可以实现自己的愿望，他随着一支登山队来到了西藏，他们要挑战自己，从喜马拉雅山南麓登山，结果，这次登山遇上了雪崩，这个年轻人，还有另外一位五十多岁的登山队长，两人被埋在了雪底下……"

"那这位年轻人是您的……"小木紧接着问。

"是我的儿子，是我唯一的儿子。他的爸爸，二十八年前在一场抗洪救灾中失去了生命。十八年前的那次雪崩，将我的儿子留在了西藏。"老太太说。

小木看着老太太，听着她的故事，有些忍受不住了。泪水，从她的眼里流了出来。

停了一下，老太太继续说："我的儿子叫刘勇，我们希望他勇敢，他确实勇敢啊。他在六岁上学的时候，有一次对我说，妈，现在你和爸爸就是我的眼，带着幼小的我看世界。我长大了要做勇敢的人，我就是你们的眼，带着你们出去多看看外面的风景，我们还要到西藏去看看，看那雄鹰，看那蓝天，做真正勇敢的人。"老太太语调缓慢，很是平静。

你是我的眼！我和小木一惊，多么形象啊。

老人看着我们，接着说："所以，他走之后的每一年的夏天，我都要到西藏来走一趟。我是他的眼，我在家中看了风景，要到西藏告诉他。我到了西藏，在西藏看了风景，就是他看了风景啊。"

"您的身体受不了呢。"我们担心地说。

老太太倒笑了起来："这没什么啊。我是有高血压高血脂，但我注意着呢。要是真有一天出了问题，西藏将我留了下来，那不是更好吗？我正好可以陪陪我的儿子啊。"

说完，不大一会儿，老太太居然开始传出均匀的鼾声。

我和小木睡不着，黑夜中，我们对望着，想说什么，却没有说出来。这一晚的列车，出奇地安静。车厢里的空气，似乎用藏地的白雪清洗过一样，洁净，澄澈。

列车继续前行着，像一条长龙飞向美丽的天空。夜色里的雪山，一片洁白。

第四辑

弱言语：过日子的幸福

自己的光明就在眼前

1982年，我九岁，我的弟弟七岁。

在乡下，每年的除夕夜和元宵节，孩子们都会提着灯笼出来玩。除夕夜本是伸手不见五指的，有了灯笼的光亮，到处都散发着温馨了。元宵夜是有月亮的，但还是有伙伴将自己心爱的灯笼提出来游走，那灯笼泛着淡淡的光，像是眨着迷人的夜的眼。

但这一切，似乎与我，与我的弟弟没有关系。

我们没有灯笼。

在这之前的两年，父亲说，你们俩都还小，买灯笼的事等两年再说吧。我们两兄弟，就用羡慕的眼神看着一个个如流星般走过的灯笼。之后的一年除夕，父亲说，你们两兄弟想提灯笼出去啊，也来不及买了，这样，今年的除夕你们俩打着家里的手电筒出去玩玩吧。晚上，我们兄弟俩就打着手电筒出去玩了。黑黑的夜里，我们听到了伙伴们鼻子里发出的声音，那声音里满是瞧不起的感觉。

其实，我们兄弟知道，父亲并不是不想给我们买灯笼，是因为家中的日子实在是太窘迫了啊。病床上常年躺着我的爷爷奶奶，我们兄弟俩上学也还得花钱，还有，一年到头了，家人还得有计划地添点新衣裳，或者买点年货。

但是，就在这一年的腊月三十，父亲上街回来，给我们买回了两个灯

笼。父亲是挑着一担柴上街的，是卖了柴给我们买的灯笼。

我们高兴得跳了起来。

可是，父亲没有买灯笼专用的蜡烛，那种能够淌着眼泪的红蜡烛。

没有买蜡烛，省下的钱就可以给你们兄弟俩一人买一个灯笼了，不然，是只能买一个灯笼的。父亲说。

但是，父亲又说："孩子，自己的光明就在自己的眼前啊。"

他找来了两个旧的墨水瓶，清洗干净，倒进去煤油。又找到母亲缝补衣物废弃的线头，用来做灯芯。

这一年的除夕之夜，我们兄弟两个提着灯笼出去的时候，成为伙伴们的焦点。因为我们的灯笼比他们的都亮，而且，我们的灯笼用不着换蜡烛，亮的时间长。他们的红红的蜡烛，只是亮上一会儿就熄灭了，又得央人换上一根蜡烛。

伙伴们就都让他们的父亲来向我们的父亲请教，父亲也只是笑了笑，又说："自己的光明就在自己的眼前啊……"

多年以后，我读书，参加工作，成家，每每遇到困难的时候，我总是会想起父亲那时说的一句话：自己的光明就在自己的眼前啊。

高尚不是别人笑的时候你不笑

2014年5月26日，有消息透露，被称为"清朝最后的格格"的爱新觉罗·显琦已去世，享年九十五岁。

爱新觉罗·显琦，即金默玉，满族，1918年9月14日生于辽宁省旅顺市。她是清末八大亲王之一的肃亲王善耆最小的女儿，川岛芳子的妹妹，人称"十七格格"。

她说过一句让人深思的话："在日本读书的时候，我的家庭教师告诉我，高尚不是别人笑的时候你不笑，它是一种品德。高尚的人，一年中必须找一天闭门思过，想想有没有做什么对不起人的事情。你认为正确的，就坚持到底，不要管别人怎么想。"

金默玉还说，她这一生做过的最正确的事有两件：一是没有去香港，二是在监狱中没有陷害过任何一个好人。

"高尚不是别人笑的时候你不笑"，这句话值得我们琢磨。这让我们看到了一个和有"东方的玛塔·哈丽"之称的姐姐川岛芳子截然不同的女性形象。

金默玉没有赶上肃王府的鼎盛年代。刚满十九岁，金默玉就对未来有了自己的打算，她希望能成为一名四处采访的女记者，或者歌唱演员。这让这个大家族里的人吃惊。后来她的生活大多不尽如人意。有一天，她要靠打毛衣来维持一家九口的生计；有一天，她一个月只能拿到十九块五角钱，吃一碗面，都要在心里飞快地算计。为了维持生计，金默玉曾经没有经验地变卖了家中的一些物品。她还开过洗衣坊，用上好的肥皂，一个月下来，买肥皂的钱比挣的还多。1952年，金默玉用哥哥寄来的生活费在自家院子里开了间西餐厅，结果没人上门。后来改开四川饭馆，虽然没赚多少钱，但至少吃穿不再发愁了。两年后，饭店被公私合营，她成为中央编译局的一名职员，每月拿六十元工资。

1954年，三十六岁的金默玉结婚了。"大喜那天，旗袍是借来的，请帖是丈夫马万里亲自用毛笔写的。"

1958年2月，离当年的春节还有五天，金默玉突然从家中被带走，开始了她十五年的牢狱生活。唯一的罪名，就是她的出身——肃亲王的女

儿、特务川岛芳子的妹妹。为了不连累丈夫，监狱中的金默玉申请了离婚，她决定独自度过漫长的刑期。1973年，刑满释放的金默玉来到天津茶淀农场，成为一名农场工人。她用比她还高的大铁锹费力地挖着苹果树下的冻土，手掌流血了，但她不作声。"我知道我和别人不一样，别人是人民内部矛盾，而我是封建贵族阶级的小姐，汉奸的妹妹。"她心里说。

但在1979年，她写了生平第一封求人的信，收信人是邓小平。在信里，金默玉不是要求平反，而是要求一份工作，她还记得信里的内容："我如今已经干不了体力劳动了，但是还干得了脑力劳动，请给我工作。"信回得很快。告别北京四十年后，金默玉终于成为北京街头市民中普通的一分子。

1992年初，金默玉与丈夫将家中所有的存款全部拿出来，购买了书桌、教材等学习用品，开办了"爱心儿童日语班"。1996年5月，位于河北廊坊市开发区的爱心日语培训学校正式挂牌。据有关部门确认，该校是当时国内设施最齐全的民办日语专修学校。不久，正是在这所学校的基础上，建起了廊坊东方大学城。在晚年，她终于在廊坊有了一套完全用自己挣来的钱买下的房子。邻居们都知道这是个了不得的老太太：做过廊坊东方大学城副董事长、北京东方研修学院名誉董事长、日本A.C.C.国际文化交流学院客座教授、北京文史研究馆馆员等。

"高尚不是别人笑的时候你不笑"，这本身就是一种建立在无言美德之上的品德。

这句话里有着对生活的反思与感恩。反思自己的生活，"吾日三省吾身"，克制着，冷静着，不断反思，不断进步，让自己的生命更加完善。

这句话里有着对未来的理智与自信。正因为有思索，才有对自己未来生活的正确选择。有了正确选择，带着自信，义无反顾地向前行走，一定会收获自己人生的黄金。

也正是这句话，让这位"清朝最后的格格"的生命画上了一个圆圆的句号。

我们信任你

上个月，我到邮政局去取稿费。这是一家小报寄来的稿费，单子上也就三十元钱。

在窗口递进稿费单，我才想起自己没有带身份证。我看了看窗口里的工作人员，圆脸短发的一个二十多岁的大女孩，大多的时候都是她为我汇兑这稿费单子。我知道她姓王，不知道她的名儿。她盯着我，目光里想让我再递过身份证。我顿了一下，说："对不起，我身份证忘记带了，小王美女啊，你看能不能就替我取了啊？"

"那……不行吧。"小王说，"得有身份证明哩。"

"你……大概认识我吧？"我猜测着说。因为她帮我汇兑了不少的稿费单。

"是啊。我认识您，您是我们这座小城里写文章的陈振林老师啊。"小王笑了笑说，"可是，我们信任你，那也得有身份证才行。"

我有些着急，在口袋里摸了摸，居然摸到一个证件，我的驾驶证。我递给她："这，驾驶证能行吧？"

"不行的，得用身份证。"小王说。

我有些生气了，说："我就不懂了，你又认识我，我也有驾驶证作为证明，怎么就不能取一张仅有三十元的稿费单了呢？"小王只是向我解

释，说"得用身份证"。我有些急了，真想一把撕掉这张单子，但我又知道这做法确实不文明。

我没有办法，正准备转身走，看见了邮政局的李科长，她正值班，她的儿子去年刚从我任教的班级毕业。

我像遇见了救星，说了情况。李科长到窗口对小王说了声："办了吧，这是我家孩子的老师。"

我终于取到了我的三十元稿费。

在我的记忆中，我的父亲曾经也取到过三十元钱。

那是二十八年前的事儿了，那时我不过十二岁，刚考入县重点初中张场中学。父亲骑着自行车，带着我到学校去报名，报名费一共交纳了六十五元。走出校门的时候，我们发现校门内张贴了一张告示，其中有一条是说：教师子女可以免除三十元杂费。父亲是民办教师，当然属于免除子女三十元杂费的范围。可是，父亲说："我什么证明也没有带来，大概不行吧。"

硬着头皮，我们父子俩来到了学校财务室，一说来意，一位姓黄的校长说："好啊，可以退给你们三十元钱。"一位姓曾的会计忙着递给了父亲三十元钱。

父亲说："我没有带什么证明来哩。"

黄校长说："我们信任你啊。"

父亲拉着我出了校门。我们庆幸不已，想不到还可以免除三十元杂费，而且居然这简单。三十元钱，在那个年代，算是一大笔钱，够家境不够好的我们生活好一阵子了。

这件事确实是我这次取稿费时回忆起来的。我在想：那个黄校长和曾会计怎么就相信了父亲是名教师呢？要是有人冒名，或是有人弄虚作假，那怎么能成啊？怎么简单到不用父亲签一个姓名的手续呢？

同样是取到三十元钱，同样在说"我们信任你"，可是，一次如此简单，一次如此麻烦，这是社会的进步还是退步呢？

一方池塘一方梦

我的家乡在江汉平原，长江像一条巨龙从县城边游过，汉水支流东荆河如一根玉带绕着我们的小村庄。这里的平原，地势平坦似棋盘，大大小小的池塘如棋子一般，散落其间。

我们的小村庄，就有着这么一方池塘。我的家，就在池塘边上。

幼小的我们听着池塘边的洗衣声慢慢长大。天刚刚泛白，池塘边已成了小集市一般。东边的婶婶，西边的婆姨，端着一个大木盆，一颠一颠地出来了。大木盆里，是一家人昨晚换下的衣裳，有时也有大大的床单，那是家里的小孩子又尿床了。木盆的上边，有洗衣板，波浪形的塑料块，两端钉上了木块。还有洗衣粉，用小盒子装着。木盆的最上边，是一个小板凳，这是用来坐着洗衣裳的。没有预约，每天几乎是固定的时段，池塘边的女人的声音准时响起。衣裳就着洗衣板，发出"扑哧扑哧"的声音，如一个乐手敲打着手鼓。也有用洗衣棒来捶洗的，发出的声响就大了，"嗵"地响着，应着不远处的回声，将东方的云层里的太阳叫了出来。

男人们来了，挑着大大的木桶来担水了。来时空空的，走时满满的。时不时地，和别家的女人说着笑话。小孩子们也醒了，来到了池塘边。稍大一点的，就开始择菜洗菜。小一点的孩子呢，母亲找来个小瓶子，灌了洗衣粉的水，让他们就着一支小管子，吹起五颜六色的小泡泡。

幸福的一天就这样开始了。

村子里有池塘，最快乐的当然是男孩子了。这其中就有一个我。

我们可以钓鱼。用细长的竹竿，上头系了细细的尼龙线，尼龙线上系了五分钱买来的鱼钩，鱼钩上挂了红红的蚯蚓。红红的蚯蚓最能诱鱼，尤其是鲫鱼，鱼钩才下水，就有鲫鱼来咬钩。简单的钓具，也能大有收获。不到一小时，小小的鱼桶里就会有十多条鱼。有时会钓上刺泥鳅，这是我们最心烦的事儿，那家伙浑身是刺，咬上了鱼钩却难以取下来，弄不好还会伤了我们的手。机会好时，居然能在池塘钓起甲鱼。我曾经就很幸运地钓起了一只甲鱼，甲鱼把鱼钩给拉断了，掉进了池塘边的稻田，最后还是没能逃脱被我抓住的厄运。有时不钓鱼，我们也可以用水盆蒙上层塑料纸来捕鱼。盆里会投放些细米类的食物，蒙上的塑料纸上有个小洞，放在近岸边的水下。一会儿，就会有贪吃的小鱼儿进到小洞里，出不去，成为我们的猎物。

最快乐的事当然是游泳了。十岁之前，父亲母亲是常年地叮嘱我们不要到池塘边玩，更不要下到池塘去，说池塘里有水怪专吃小孩子。但我们不管，在炎炎的夏日，我们会背着父亲母亲，下到池塘里去。我们的游泳没有教练，全部是自学成才。七八岁的我们，都会"狗刨"，两只手不停地向前刨，两条腿不停地向后蹬。长大了一些，我们学会了仰泳，这是最轻松的姿势。还有潜水，我们叫作"扎猛子"，我们进行过好几次这种比赛。

有了池塘，也就有着村子里人们都高兴的事儿。池塘里每年都会投放些鱼苗，腊月二十左右，村里就架起了抽水机，不停地将池塘的水向稻田里排放。我们管这种事叫"干坑"。"干坑"了，池塘里的鱼就全显现出来了。看着鱼们在剩下的一小片水域拼命蠕动，我们庆祝着属于全村人的丰收。村子里的成年人，就提了水桶去捡鱼，再运到村子里的仓库去。池塘里是养过大鱼的。我见过一条鱼，几乎有成年人的身材那么长了，两位伯伯抬着，抬进了村里的仓库。最幸福的事儿是分鱼。大大小小的鱼，按重量平均分成小堆，然后抓阄。抓阄一般由家里的父母派出家中的孩子来参与，拿到阄之后，全家人都会幸福地提起自己的那堆鱼，高兴地说："好啊好啊，我家的小子运气好着哩，抓到的这鱼最好……"人们都说着几乎相似的话语，孩子们一路跟着，连蹦带跳地回到家中。

去年春节之前，我回到我的家乡，回到生我养我的村子。那方池塘，已然没有了那清澈的水，也不见自由游动的鱼，只见满池塘的水草，散发出有些腥臭的味道。我问父亲，父亲也只是叹气。走在池塘边，我似乎看到了小时候的我，我们在池塘里快乐地"狗刨"着。可是如今，这方池塘带给我们童年的美好哪儿去了呢？

古朴赖桥休闲行

正是夏日，有文友岳成相邀，说去赖桥古村看看。到赖桥古村，这是我近来最急切的想法了。叫上文涛、雁、艺，我们开始了一次说走就走的文学休闲之旅。

文涛开车，我们四人一路说笑，由世界文学名著说到中国作家，到我们的本土作品，没有溢美之词，亦无攻击之语。到柘木街，接上了岳成，我们前往赖桥村。

已经是村级公路，修整得平坦光洁，两旁有草蔓时不时地向路中探出

脑袋尖儿，像是欢迎着远方的客人。路上的车并不多，有三三两两的人走过，走向他们的田地，悠闲得很。走过一条河，等到大片大片的绿色充盈着我们的眼时，我们知道赖桥村到了。

一条河，名字叫作柘木河，缓缓地在村子周边流淌着，似乎诉说着赖桥千年的故事。河的两岸，全是树木。我这才想起"柘木"这个意蕴丰富的绿色名词。柘木又名柘桑、文章树，桑科植物，为我国历史上著名树木，具中药价值，有化瘀止血、清肝明目之功效。价格极为昂贵，极为稀少，在我国多省部分地区都有分布，但生长缓慢，不易成材。气候温暖潮湿适合柘木的生长，往往一百年达20—30厘米直径，故白皮料较厚。《诗经》之《皇矣》篇中有"启之辟之，其柽其椐，攘之剔之，其檿其柘"的句子，这里提到的就是"柘"了。柘木乡地处洞庭湖、洪湖和长江三角洲的古云梦泽腹地，"柘木"这个地名也正是因为古时候这里盛产柘木而得名的。

"到赖桥得见见赖晓平。"岳成说。

赖晓平是赖桥村的村医，医生是他的职业。但是，很早我们就听说，他是一个地地道道的环保主义者，一个文物收藏家。见了面，我们就像多年的老朋友一样，细细攀谈起来。他高高的颧骨，浓浓的眉眼，似乎全部收藏着这里的故事。

那棵著名的千年重阳古木就立在他家门前。古木参天，在这里成了真实的描写了。绿荫如盖，这盖胜过了帝王的车盖。树围得三人合抱，树干上长满青苔，偶有蜥蜴从青苔上爬过，它们是要回到树洞中的家。树干上已钉了"国家一级保护古木"的保护牌，也许是它的护身符。阳光很是强烈，但是在千年重阳古木下，感觉到的是大把大把的清凉。

我们拍照，我们惊叹。赖晓平说："重阳木是属于雌雄异株的，这是雌性的，雄性的在那边。"我们又到河的对岸，看到了另一棵雄性的重阳木。"重阳树像这树龄近千年的就这一对，比这小一点的还很多。重阳木雌雄偶生，像一对情侣，很人性化的。在我们这个地方，重阳树都这么长。这就是重阳树的一大特色。你看这对树就像一对情侣在拥抱。"赖晓平又说。

站在柘木河边，好奇的艺和雁不停地问着一些植株的名，岳成和赖晓平不停地回答着。

河两岸，郁郁葱葱地生长着的更多的就是柘木。岳成指着两棵柘木说："柘也是雌雄异株的。它不光木材坚硬，它的树皮还是染布的染料，树叶还是养天蚕的原料。这两棵树有多少年的树龄？这树最少五百年。然而，首先它是刺。柘刺长到大拇指一般粗细，就用了二三十年的时间，要是一棵柘木树长大成材，那得需要几辈人的关爱才行。"看来，这两棵五百年的柘木树也确实值得人们去珍惜。树下，有人上了香，这是人对自然的一种敬仰。

我们又看到了牛筋树，很稀有的树种，细细的牛筋树，居然也长了五十多年。也看到了大榔榆，就是以前做榔头用的。还有乌臼，就是乌鸦喜欢吃它的籽就叫乌臼的一种树。赖晓平又指了指前边不远的一棵树说："看到前面一棵树没有？那就是一棵最古老的棠梨树。这是我们江汉平原的原始生态树。这树有多少年的历史了？这树的寿命很长，有千来年的历史了。我记得《诗经》里有一句专门记载棠梨的。"说着他情不自禁地吟诵起来，"棠棣之华，鄂不韡韡，凡今之人，莫如兄弟……"

我们谈起这些古树的保护问题。赖晓平的话更多了："柘木河边的这些古树的生存环境确实很恶劣。我们乡早期的时候为追求经济效益，提了一个口号，就是'砍掉弯子林，栽上摇钱树'，当时我跟乡政府写了一个报告，要保护我们这个地方的原始生态，给子孙后代留下一个原始生态的标本园。当时我们乡政府比较重视，就以赖桥村为中心，周边就让了一点

步，就有些树得到了保护。这么古老的树你一刀砍掉了，它是几百年才长成这个样，你一刀砍下去那不是可惜了吗？"

沿着柞木古河的两岸，我们仿佛看到一个充满天伦之乐的生态家庭，这一对千年偕老的重阳古木，算得上这里的树公树婆了，而今是子孙满堂了。看着那连根交枝的夫妻树，那相依相偎的情侣树，我们感喟万分。为这里独有的自然生态灵性而庆幸，为这千年的重阳古木的神秘而自豪。

站在重阳古木下，岳成在联系"啰啰咚"的传承人赖桥村村民王斯彬。"啰啰咚"是江汉平原农民唱了两千多年的劳动号子，它始终一成不变地带着浓郁的荆楚水土风味，为一代一代的水乡农民带来了欢乐，减轻了疲劳，充实了生活，让劳动者在劳动中找到了劳动的乐趣。赖桥村是"啰啰咚"主要传承地，千百年来，这悠扬的田歌，总会在田野里回响。而今，"啰啰咚"已经成为第一批湖北省省级非物质文化遗产，其曲调高亢悠扬，旋律舒展自由，具有"无伴奏自然和声"的特点。曾经，国内外不少音乐人多次来到赖桥村现场采风。可惜的是，传承人王斯彬外出有事不在家，"啰啰咚"只能成为我们的梦想神曲了。

我们接着参观赖晓平的民间博物馆。赖晓平先生是著名的民间收藏家，他从事民间收藏工作近四十年，在自家建立了一个小型的民俗博物馆。他的民间博物馆设在自家二楼。我们换了拖鞋上楼，一屋的古朴之气扑面而来。他收藏的实物和书籍近千件，均是具有监利民间文化特色的珍品，有旧石器时代的石器、宋代的陶瓷，有清代的进士考卷、民国契约、货币、家具、书籍等，种类丰富。赖晓平向我们重点展出了林则徐的《致姚椿、王柏心书信》、李鸿章的《论日本图攻台湾书》和《复何子峨大使书》以及"中华苏维埃共和国国家银行湘鄂西特区分行"的钱币等珍贵藏品。我们最感兴趣的是他收藏的清代进士罗芝芳先生的考卷。泛黄的纸张，黑亮的墨迹，厚重的文字，漂亮的书写，圈点的美观，让我们透视曾经的读书人生活，感受属于读书人的苦乐。

坐在赖晓平收藏的民国家具上，接过先生递给我的著作《楚水流韵》，我们欣然合影留念。

没能听到原生态的"啰啰咚"，我们见到了赖桥村农民书法家赖金辉。黑黑的脸庞，似乎刚从田地里走出来。他的书法作品，曾获得南京书协纪念孙过庭诞辰1365周年全国书画大赛一等奖。我们参观他的书法练习室，他热情地拿出了自己的作品，精心挑选着，一一送与我们。我得到一张写着"龙飞凤舞"四个大字的扇形作品，连连对着他说"谢谢"。

我们又向前走，来到乡土作家陈安明老先生家。陈老先生正在编辑《白螺诗笺》，这是他们自发组织的诗社编印的作品集。到了午饭时间，老先生留下我们用餐。一会儿，菜上了桌，全部是纯天然食品。屋后河里的鱼虾，菜园里现摘的豆荚，池塘里抽出的藕尖，家里刚宰杀的土鸡，满满的一桌子。陈安明老先生不时地吟哦着自己正在写的诗文，我们一边小声地和着。先生家中的老妻笑着责怪："总是写什么诗什么文，又没有赚得什么钱，还倒贴了钱去印刷……"先生笑，我们也笑。

喝了点酒，一行人又来到长江边，这是湖北的最南端。爱美的雁和艺两人照样不停地问着江边小花小草的名儿，博学的陈老先生似乎什么都懂，他拉过一株植物，说："这是菟丝子，就是《诗经》中说'爰采唐矣？沬之乡矣。云谁之思？美孟姜矣'中的'唐'，这几句就是说，到哪里去采菟丝子呀？就在牧野的沬乡。思念之人又是谁呀？是美丽的姜家大姑娘。"不远处的长江边有一云溪古庙，院内却突兀地立着贺龙元帅的雕像。其实，这里就是当年贺老总闹革命借枪的地方。我们进到庙里，空无一人，对着庙堂上的神仙恭敬地拜了三拜。陈老先生说："这里供奉的最大神仙是柳毅，那个面颊有些黑的就是。"我们到过湖南的君山，那儿有柳毅井。想来，柳毅传书的事儿就从这里开始吧。庙门前有口钟，我们有一声没一声地撞击着。庙门上有对联，我们用心读着，陈安明先生说："这算不上对联哩。我曾经替这云溪庙拟写过一副，但他们没有用上，是这样的：云霞片缕悬日月，溪水一壶煮乾坤。"我听了，连连叫好，这是嵌名联，且对仗工整，有气势。我想了想，又说："不知将下联换成'溪水半壶煮乾坤'是不是更好啊？"

路过陈安明先生家，先生就要下车了，他对着我说："小兄弟，你改得好啊，溪水半壶煮乾坤，更有意味，你是我的一字师呢。"想不到，刚才老先生一直在心中琢磨"一"和"半"的韵味，这陈老先生才真是我们写作诗文的老师呢。

车上，农民书法家赖金辉的话多了起来。已经五十出头的他讲述他外出的经历，讲到他在工地打工时，教工友们唱歌的情景，他情不自禁地唱了起来："泥巴裹满裤腿，汗水湿透衣背，我不知道你是谁，我却知道你为了谁。为了谁？为了秋的收获，为了春回大雁归……"歌声，一直飞到了他的家门口。

他和岳成下车了，他的歌声似乎还在车上。我在想着，这真是"万籁有声"哩，这赖桥村的名，应该写作"籁桥"更好的了。那乡音，是带有湘方言音调的，是来自天籁最本真的原生态声音。我听说过柘木赖桥也有地方歌谣，除了著名的"啰啰咚"，还有古老的乡土情歌，当地人将其称为花歌，主要吟唱男女爱情，有一首《十月望郎》这样唱：

正月那个里来哟！望我的郎回来耶！是新年，我的郎出门去，望了个大半年，妹要等到哪一天，情郎我的哥哥哟！等到的哪一天，站在奴面前啦！

二月那个里来哟！望我的郎回来耶！百花开，我的郎出门去，有了个别人爱，就要来把奴丢开，情郎我的哥哥哟！有了的别人爱，就把奴丢开哎哟！

三月那个里来哟！望我的郎回来耶！是清明，我的郎出门去，写了的一封信，话儿的呀说得明，情郎我的哥哥哟！话儿的说得明啰，凉水点得灯啦！

四月那个里来哟！望我的郎回来耶！四月八，小妹子在家中，每天的贪玩耍，又只怕呀我爹妈，情郎我的哥哥哟！又怕的亲丈夫，晓得过刀杀哎……

不知什么时候，我们还能听到那原汁原味的乡土情歌啊！

生活的质感与生命的快感

生活的质感是什么？简单点说，就是生活的质量。以生活的质感为原点，立一个坐标轴，它的横坐标上，系着物质与精神；它的纵坐标上，系着家庭与社会。

生命的快感是什么？简单点说，就是个人的幸福指数。以生命的快感为原点，立一个坐标轴，它的横坐标上，系着个人与他人；它的纵坐标上，系着内敛与放纵。

物质与精神在人的生活中是一定并存的，不然不能称其为有意义的生活。其二者，比例可以有变化，但不可只有物质，或只有精神。一个富翁，当富得只剩下钱的时候，他真的成了物质上穷人。一个平民，当穷得只拥有身体时，他真的成了精神上的富翁。二者皆不可取，其比例，调配权在自己，决定权在他人。

生命的快感，来源于自己的真切感受。潇洒自己，快意人生，应该

是自己个人生活目标之一。用什么样的方式来潇洒自己，由什么样的形式来快意人生，看起来都是自私的。但，又一定是一个人生命中必定拥有的。潇洒的含义有很多：大国总理的勤政是潇洒，小家公子的多情是潇洒；著书立说是潇洒，歌唱表演是潇洒；日撒万金是潇洒，箪食瓢饮是潇洒。潇洒的终极目的是快意，是一个人的幸福指数。这种快意，只是一种心态罢了。

努力拼搏，拥有生活的质感；尽情释放，感受生命的快感。潇洒自己，快意人生。

真实人生如骑车

父亲正在教儿子学骑自行车。儿子不过七八岁，和自行车一般高。学了半个多小时，儿子仍旧没有进步，一上车车便倒了。即使车当时没倒，也只是歪歪斜斜地走上几米后，就连车带人一齐摔倒。忽然，父亲郑重其事地对儿子喊道："学会骑车注意三点，先要身子正，上了自行车不要斜着身子，身子歪了是骑不好车的；再是眼睛向前看，选择好前进的路；还有一点是脚下用力，才能使你的自行车走得快，走得稳……"

儿子想了想，骑上车，端正身子，眼睛向前，脚下用力，居然能让车子上路了，虽然是摇摇摆摆的。远处，父亲脸上漾出了微笑。

那个儿子就是我。骑自行车的技术不到十岁我就娴熟，即使在川流不息的马路上我也能骑行自如。如今，我已参加工作，面对人生之路，我又想起了父亲的三句话：身子要正，眼睛向前，脚下用力。

母爱如焰

在昆明市的一家动物园，马戏表演完毕后，游客们争着与老虎一块儿合影留念。一个小女孩依偎着老虎，正做着可爱的表情。猛然，老虎张开血盆大口咬住了小女孩的头。驯兽员慌了，没有慌的倒是小女孩的妈妈，她冲向老虎，双手伸进虎口，抢夺着自己的女儿……

武夷山风景区，小男孩不小心掉进了河里。河水汹涌，卷着大大的漩涡，大家还没明白怎么回事时，小男孩的妈妈"扑通"跳进了河水……

虎口是凶险的，但是，母亲毫不犹豫地伸进了自己的双手，她根本不顾及自己的生命；河水是无情的，但是，母亲毫不犹豫地跳进了汹涌的激流，她根本不会水的，她不管自己跳下去后还能否起来。她们什么都不顾，因为，她们是母亲！

还有两个母亲。

母亲带着食物去给自己的孩子，过马路时被疾驰的小车撞了一下，她倒地后立即爬起来，马上奔跑着将食物交到自己孩子手里。但就在那时，她却永远地倒下了！

另一个母亲有四个刚出生的孩子，她们被洪水围困在长江的孤岛上。半个月的时间里，母亲每天自己游过长江去寻找食物，傍晚就游回来给孩子们喂奶，陪伴孩子们度过长夜。

这两个母亲，是狗的母亲，是两个狗妈妈。想一想，人与兽，做母亲

的都是一样的啊。难怪《列子·黄帝》里说"禽兽未必无人心"，这也是有道理的。

罗曼·罗兰说："母爱是一种巨大的火焰。"是的啊，这母爱的火焰要是烧起来，那肯定是无法阻挡、永不熄灭的。

明天去染发

看过崔永元主持的不少节目，听过他嘴里溜出来的不少故事，我记忆最深的一个故事是他讲的关于他一个男同事的事儿。

男同事四十多岁了，也许是工作太忙养成的习惯，他不修边幅，常常是胡子蓄着，头发长长，还夹杂着不少白发，衣服也没几件像样的。生活中，他也挺乐观、随和。虽然结婚成了家，但似乎妻子也改不掉他不修边幅的习惯。很突然地，男同事在一天下班时说道："走啊，今天去染下头发。"于是就有人诧异了："你是想染成彩色头发，整个像艺术家样儿吧？"

"不，我的头发染成黑色！"他说。

"那是又有了新欢喽？"又有人戏道。

"非也！"他一本正经，"明天我妈从乡下赶来，看我哩。"

大家都不出声了。因为，大家都知道，做儿子的他是不想让母亲看见他的白发啊。

难怪，好多在外工作的子女，虽然工作不是那么顺心如意，但是每每回家看望父母时总是衣着光鲜啊。

也许，生活会给予做儿女的我们或多或少的无奈，也会让我们的头上增添些许白发，而当我们面对我们亲爱的父母时，能不能剔除那些无奈，染一染我们生活中的白发呢？

将一篇文章读懂

我们的生活有些浮躁，读书，可以让我们冷静下来。

我们生活得要有质量，我们每天都要读书。

我们每天都在读书。有做大学问者，啃着自己的专业书籍，废寝忘食地难得停息，那是真正的成大事者。有小商小贩者，做生意的间隙拿一张都市报，有事无事地看上几个字，那是在消磨时间。更多的是如你我者，有自己的工作，有自己的老婆孩子和父亲母亲，我们有选择地看着认为适合自己的书。

那应该怎样看书呢？有的有点时间就看一看，就常常说"自己太忙"；也有手不释卷的，成天拿着本书，不知他将书中的内容看进去了多少；有的看书就真是快了，几天一本或者一天一本，速度快得惊人。是天才，他可以一目十行，尽快地获取智慧。但是又有多少天才呢？非天才，想要一目十行，效果肯定是囫囵吞枣，甚而一句话一个字也不能记住。

半部《论语》治天下，不是没有可能。那就是将这半部《论语》的内容研究透了，运用化了，了然于胸。这是精明的读书之人。

"读书破万卷"确实有道理，但读了"万卷"却没有达到"破"的境界，他又有多少收获呢？只求速度不要质量的，只能是事倍功半，或者是

劳而无功。

有藏书之人，书虽多，但读得少，那只能算是书虫。也难怪袁枚先生说"书非借不能读也"。其实，有的时候，你不妨也借书来看，因为，这也是逼着自己读书，让自己将书读好的一种方式。

我们要有一颗平静的心。用这一颗平静的心，先将一篇文章读懂。如果觅得一篇经典之文，你尽可细细品味，沏一杯清茶，燃一支香烟，尽情享受。如此，对住了作文之人，也对住了自己的读书生活。自己的精神得到了一次彻底的洗涤，于自己，不也是焕然一新吗？

将一篇文章读懂，你才可能将一本书读好。将一本书读通了，你才可能读更多的书。读了尽可能多的书，你才能真正拥有了自己的精神生活。拥有了良好的精神状态，做什么事情你会不成功呢？

远离尘嚣，让自己安静，将一篇文章读懂。

拥有一座城市

下班了，你开着心爱的小车，或者骑着自己褪色了的自行车，行走在这座城市的马路上，你是不是有过这样的感觉：这座城是我的，我拥有这座城市。

小车里或者自行车后座上也许还有你的爱人，你的恋人，你的父母，或者是你的刚刚出生的小宝贝，你的车啊，就要慢慢地开。看一看身边的爱人，望一望远处的蓝天，想一想家中的晚餐，就一定会有这样一种思绪：我拥有一座城市。

你我都不是这座城市的市长，市长他相对你我百姓来说是有着特殊权力的。他可以在这儿建一个公园，那儿开一个游乐场，在他的家门口开一个保龄球俱乐部，还可以在他想购物的地方建一个大的商厦。但是，在我们认为，他只是一个勤劳的建造者；你和我呢，才是真正的主人。因为你不必操心到哪里建和怎样建的问题，你更不用召开这样或者那样的会议，你的任务只是拥有，拥有之后再享受。你可以自由地选择，到东城游乐场去玩耍还是到西边小摊去夜宵，是去看电影还是去蒸桑拿，是喝啤酒还是喝老白干，一切由你做主。

当然，你是属于这座城市的。你可以是这座城的老主人，也可以是刚刚来到的打工者，只要你融入到这座城，只要在这座城流下了你的汗水，你就是这座城当然的主人。即便是一个流浪汉朋友，一觉醒来，空气清新，他也会觉得这座城市是多么美好。

这座城里有你爱的人和爱你的人，他们是你在这座城里最美丽的建筑。上学时的轻轻道别，下班时的轻轻一拥，递上的一杯淡茶，晾晒的一件衬衫，都会在我们心里回味无穷。这座城里也有你的朋友，他们是你在这座城里最自然的风光。有人做过统计，说当你由任意一个陌生人开始寻找，找他的各种关系，你最多找到第五十个时（当然有可能就是第二个），那第五十个人一定是你的朋友。你想，你在这座城的分量还轻吗？你也可以在心里估量估量，你是朋友们任意一个陌生人中的第几个呢？

拥有一座城，这座城承载着你的喜怒哀乐，凝聚着你奋斗的血泪汗水，饱含着你不灭的希望！

拥有一座城，你属于这个城市，这个城市也是属于你的。

做好自己

林青霞曾经在文章中说到自己感到最开心、最惬意的两个细节。一次是和朋友在美国的海滨浴场裸泳，另一次是素颜上街。这两次，没有谁认出林青霞，也就没有谁来打扰林青霞。于是林青霞大发感慨，一个人，最快乐、最自由的事还是找回自己，做好自己。

做别人，永远是别人的影子。林青霞表演了几百个角色，这几百个角色中让观众满意的实在不少，但林青霞所追寻的，永远是真实的自己。

以一首《青藏高原》而名满天下的李娜，很少有人知道她的嗓音是怎样练习出来的。她有句名言："艺术的高峰须从寂寞处攀登。"在没有演出的空闲时间里，她常常是躲在家里练声，她曾以整整一年时间，谢绝了各类的演出邀请，将自己关在房间里，每天下午要练两场音乐会的量，有时甚至一星期都不下楼。李娜曾坦言，她的声音没有什么先天优势，全是后天"自我摧残"出来的。后来在李娜不懈的努力下，她的声音已经可以在三个八度的音域内自由驰骋，在纵横无碍的空间中能将作品发挥得淋漓尽致，歌唱技艺也达到了一种自由王国的境界。李娜其实也一直在找寻着真实的自己。曾有人赠语李娜："心灵的宁静和精神的解脱才是智者梦中的故园。"也许正是这一句话，让名扬天下的年轻歌手遁入空门。也许，这又是李娜心中最自由、最快乐的自己吧。

生活中的我们，很多的时候总是活在别人的生活中，活在人家的影子里。能够真正地找回自己，做好自己，那又是一件多么困难的事。我有一个学生，数学成绩特别好，在学校里被称为"数学王子"，高考之后他的分数过了重点大学的录取线。但他的志愿表却填了个二本的音乐学校。我问他为什么，他给我回了条短消息：我要让我的灵魂在音乐中流淌。现在的90后是有个性的，作为老师的我，倒是很崇尚这样的个性。

做好自己，是一种人生的真实，是一种事业的快乐，是一种心灵的自由。

孩子的精神世界

多多留意身边的孩子，他们一定会说出一些很有诗意的话语。

夏夜，我们和邻居在外乘凉。邻居大林搬了竹床出来，他不到两岁的孩子小胖睡在上面。大林打着扇子，哄小胖睡觉。照说孩子是早就要睡着了，但过了好大一会儿，小胖还睁着大眼睛。大林就小声地说："小胖啊，为什么还不睡？"小胖一本正经地说："天上的那几颗星在对着我笑，我要看他们，我睡不着。"大林就和我向天空望去，找了好大一会儿，才看见有几颗凑在一块儿的星星，组合起来真有点像笑脸。想不到，这不到两岁的小子早就找到了。

前些天，正是高热气温，我回老家看父母。因为一些家事，我的心情也不是太好。天气太热，老家也没有空调，我在家中便光着膀子，但仍汗流不止。一会儿，小弟的儿子旺仔过来，见我全身大汗，说："伯伯，你的肚子上流了好多的眼泪哟。"我一听，哈哈大笑起来，心情开朗了许多。旺仔只有三岁啊，他也知道我的心情，他也能说诗的语言了。

　　我的女儿菡和二弟的女儿芊，都只有六七岁。菡在小城生活，芊在乡下读书，两姐妹关系不错。两人常打电话邀对方来自己这里玩。乡下的芊对菡说："姐姐，来我们这里玩吧？"菡就说："我不想去，我怕你们那儿有蚊子。那你来我这儿玩吧？"芊听了不高兴地说："不，我不想到你那儿去。因为你那儿没有蜻蜓。我们这儿的傍晚，每天都可以看到好多好多的蜻蜓呢。"话语里充满着一种自豪。这段对话，细细想来，就是关于物质生活和精神追求的哲理思索。即便是作为大人的我们，也是难有这样的精彩对白的。

　　有人说，一个孩子就是一个诗人。确实，好多的时候，从孩子口中说出的话语，其实就是一首很美的小诗。然而，这样美好的时候，我们做大人的却忽视了。孩子，一定有着属于他们自己的美好的精神世界。

穿着中见精神

　　西南联大的老师们，不少人看起来衣冠整齐，西装革履，殊不知他的皮鞋底下有个洞。有位先生就专门为此事作了一则谜语："天不知地知，你不知我知。"闻者莫不开怀大笑，更见其幽默之神情了。他们是有白衬衫的，而且白衬衫一般都有两件。一件穿脏了，就换另外一件。往往，过几天新换的又脏了，先前换下的却没有清洗，于是将两件衬衫拿起来比一比，还是觉得先前的那件干净，就又穿上了。但穿法有讲究，将这衬衫反着穿！然后打一条领带，将衬衫纽扣儿遮住。真可谓巧法穿衣！

　　或许，他们的裤子也有破洞，但他们会用细细的丝线将破洞给系住。

要是袜子上有破洞，那不必用丝线来系，只是将破洞处朝脚板心拉一拉，这样破洞就藏匿了起来。妙哉！

就是这样的穿着，他们仍然神采飞扬地去参加各种聚会，很优美地跳着《蓝色的多瑙河》。

巧妙穿着，更见精神。可如今一些光鲜的人们，穿着名牌服饰时，我们又能见到多少光鲜之气呢？

吃最近的那碗菜

看林语堂先生写的《苏东坡传》，书中写到大政治家王安石的一个情节。一次王安石与朋友聚餐后，有朋友就对王安石的妻子说："宰相(指王安石)真的喜欢吃鹿肉哩。一盘鹿肉，居然被他吃了个精光。"

"那盘鹿肉是不是正在他面前啊？"王妻反问。那人点了点头。王妻就说："这就对了，如果你放一碟小白菜，或者一盘花生米，他也会吃个精光的。因为，他只是吃他面前最近的那碗菜。"

吃最近的那碗菜，不知是不是那些有学问人的专利？

读晚清著名学者章太炎先生的事迹，居然，他吃菜时的做法与王安石惊人地相同。马叙伦先生说："其食则虽海陆方丈，下箸唯在目前一二器而已。"章先生不仅吃菜如此，出门也是如此。他住上海时，常常要去孙中山先生家，他记得莫利爱路的孙先生家住址，却总是忘记自己家的住址，每次迷了路只说"马路边的弄堂，弄口有一家纸烟店"，让人找个不停。

吃最近的那碗菜，应该不能算先生们的糊涂吧。对自己的生活随便

些，特别是不去苛求吃和住的条件，于一个人学问、事业应该是大有裨益的。吃最近的那碗菜，才有对学问的专注，对事业不倦的追求。生活太讲究，就成了自己事业上的绊脚石。

你我皆佛

那年我正做着高二年级的班主任，一次开家长会，有一个家长没有到会。我找到那学生想问一下原因。学生是个男生，他叫乔。乔听了我的问话，说："我的爸爸，早已遁入佛门了。"我一惊，以为他在和我开玩笑。一会儿他又说："老师，我爸爸真的已不理一切凡事了。"我便也不再说什么了。

之后的一个星期，我却总觉得有一块大石头压在心头，放不下来，我担心着乔的成长。我想着要去乔的家做一次家访了。家访时间是个周日的下午，我赶到乔的乡下家里的时候，仍然只有乔一个人在家，自在地做着功课。问他的父母哪儿去了。乔用手指了指西边："爸爸每周有大半时间住在镇子西边的寺庙里，那儿有十多里路呢。妈妈下地去做农活了。"我扫了扫他家，家具很是简陋，一台黑白电视机，赫然立在正屋的小桌上。

"那座庙，花了一百多万元，全是我爸化缘化来的。"乔又对我笑着说。

我点了点头，和他当面切入正题："你觉得遁入空门的爸爸对你的成长有影响吗？"这是我最担心的问题。

"有啊。"乔说，"他常对我讲佛法，每次和我谈话，总告诫我说要做善事，人要向善……"乔边说，边笑了起来。我和他的谈话也愉快了许多。一会儿，乔又说："老师，其实，我们每个人都是一尊佛哩。"

"为什么？"我不解，问道。

"我爸遁入佛门，他是在追寻他心中的佛。我现在快乐地学习，准备考上大学，会拥有自己的一番事业，这也是我心中的佛。老师您把学生教好，也拥有一尊属于自己的佛啊。"乔说。

想不到，我本来是给乔做思想工作的，不想，倒让他给我洗了脑。

回家的路上，我也就想：为什么不是这样呢？我们每个人都是一尊佛，做好自己应该做的事，实现自己想要实现的梦想，这不就是佛的另一种境界吗？

小刺猬，你好

我的同学小文，开着一家服装店，生意还不错。可是，他一遇见我，总是抛过来一句话："像你多好啊，做教师，轻松、收入稳定，生活也安定，多好。不像我们东奔西走。"那语调里满是羡慕。常常，我只是轻轻一笑，在我心里，对他的工作才眼红不已哩。就在上个月，他这个小小的服装店，居然赚了四万多元。我还眼红他的自由。他是老板，只要有事或者他的心情不好，他就可以随意地关上店门停一天生意，去做他自己想做的事。哪像我们，只要是上课时间，就得待在学校，像头牛一样，总被绳子牵着。

女儿考上了重点大学，妻子单位的同事娟子跑来祝贺我们："真羡慕你们，女儿争气上了重点大学，哪像我们家的儿子天天，前年高考考了个职业学院。"妻子拍了拍她的肩膀说："你家的天天才算争气哩，虽说只上了个职业学院，但是去年全省的厨艺大赛上，不是拿了个一等奖吗？好多女孩子向他射去了丘比特之箭……"妻子满脸的羡慕之色，让娟子高兴起来。

我又想起美国前总统杜鲁门的母亲对她两个儿子的评价。当年，杜鲁门新当选美国总统，有人向他的母亲祝贺："你有这样的儿子，一定十分自豪。"杜鲁门的母亲回答："是的。不过，我还有一个儿子，同样让我骄傲。他现在正在地里挖土豆。"做总统的儿子也好，挖土豆的儿子也罢，他们是同样优秀的。

一天晚上我看电视，《动物世界》栏目，讲到小刺猬在冬天为了取暖而尽量挤在一起，但是由于身上的刺又不得不保持一定的距离。那些长长的刺，总是在对方的身上找到合理的空间。我们每个人不就是一个个的小刺猬吗？每个人有自己的优势，也有自己的不足。我们总是羡慕他人的优点，其实自己也有着让别人眼红的长处。我们就是用这长处与短处相互取暖。这相互取暖之时，总还是有着一定的距离的。就在这相互羡慕与眼红的取暖之中，我们一起成长，一同进步。也正因为你我有了这优劣与强弱的变化，才有了属于我们的五彩缤纷的生活。

小刺猬，你好！我在心里不由得叫了一声。

过日子的幸福

著名作家金庸先生曾有过三次婚姻。

第一任妻子叫杜冶芬，婚后两人来到香港，但不久两人就分道扬镳。多年后，七十四岁的金庸先生说："现在不怕讲，我第一任太太因不甘寂寞而Betrayed（背叛）了我。"第二任妻子是朱玫，一位事业型女性，两人经常以"刚"对"刚"，很快便由意见不合发展到感情伤害，不得不离婚。这期间，金庸先生遇到了容貌清丽的餐厅女服务员林乐怡，两人一见倾心。这一次，算是金庸先生背叛了婚姻。

这第三位妻子，也就是女服务员林乐怡，两人在一起生活了几十年。林乐怡认识金庸时才十六岁，比金庸小二十多岁。当有人向金庸先生问及如何经营这几十年的忘年之交婚姻时，金庸这样说：最重要的是互相尊重！平时她什么都很迁就我，到她发脾气时，我便忍住不回嘴；跟她的关系不算特别成功，又不算很失败，就是普通夫妻啊。

就是普通夫妻啊。听起来多么简单的一句话，其实是经营自己婚姻的最成功的经验。

无独有偶，著名主持人何炅的婚姻很少有人知道。有记者多次问到他的妻子时，他总是说："我的那位嘛，过日子型的，当然好啊。"话语简洁，其实也是说出了普通家庭幸福的真谛。

平常的日子，总会有人问到和自己的另一半生活得幸福吗。于是总会有人唉声叹气说着自己的苦衷。两口子吵架的时候，有时一方忍受着，一会儿这场"战争"自然地就平息了。有时争吵之后，女子还偷偷地跑到娘家或要好的闺密那儿住上几天，几天之后呢，和好胜过当初。其实啊，这些一波又一波的矛盾，总是隐藏在每个家庭的角落，一有机会，它就蹦了出来。仔细想想，这些小小的矛盾，又何尝不是一次又一次的幸福呢？这，其实就是过日子的幸福。

大富大贵不是幸福，显赫一时不是幸福，真正的生活就是这种一点一滴聚集起来的过日子的幸福。

不登顶，也英雄

那时，他正受到朝廷的一贬再贬，贬到了惠州。

有一些日子，他每天都要攀爬离住所不远的一座小山，在小山顶的松风亭里歇息。这一天，他又上路了，双眼望着山顶的松风亭，心想着今天一定要到达那里。他走在崎岖的山路上，一步紧似一步地走着。汗水湿透了他的后背，他全然不顾。他只知道，那山顶，有一座亭，还有着美丽的风景。站在山顶，肯定会有"一览众山小"的惬意。

可是，他的体力渐渐弱了，脚步渐渐放慢了。他走到了半山腰。他用双眼望了望山顶的亭，亭子还很远，仿佛在层层叠叠的树梢之上。他一屁股坐在了路旁的一块山石上。嗅了嗅，扑鼻的花香；听了听，一耳的鸟鸣。他这才知道，原来伴着他的是一路花香，一路鸟鸣。

他决定停下来，不再朝上行走。他想：为什么非得攀登到山顶呢？这一路也有风景的，这山腰的风景也很美丽的。"由是如挂钩之鱼，忽得解脱"。

他就是苏轼。正是这样的豁达与乐观，他才得以从这场遭遇中解脱，写出众多诗文名篇，成为著名的散文家、诗人、书法家，成为旷世奇才的代名词。

生活处处有风景。生活中的我们，总是朝着自己最高的目标一路攀登。可是，当达不到自己的目的地时，常常筋疲力尽，常常灰心丧气。这时候的你不如就放慢脚步，或者干脆坐在半山腰，闻闻路边的花香，听听道旁的鸟语。

不少登山队员登上了世界屋脊珠穆朗玛峰，在临近顶峰时，他们看到若干年前倒下的登山队友的一具具尸骨，深有感慨地说：攀登珠峰，并不在于是否能登顶，关键在于挑战自己——其实，不登顶也是英雄！

老师不老

前些天，我和我的首届学生聚会。好几个学生惊奇地叹道："老师，你没有老呢。"

"我老了啊，都二十多年了，怎么会不老呢？"我笑着说。

"真的，老师你只是微微胖了一些，没有老啊。"一个女生真诚地说。

这些学生是我的大弟子，是我刚刚师范毕业时带的第一批学生，离现在已经二十二年了。我心里清楚，二十二年了，我怎么可能不老呢？大约只是在学生们的心里，老师还没有老去吧！当年的老师，教给他们知识，更教会他们做人处世的道理。似乎，老师的形象在他们的心目中已经形成思维定式了。即便是多年之后的见面，当然也会觉得老师不老了。

想想教师这职业，其实也算辛苦，尤其是在高中学校。但是，如果你喜爱教师这职业，享受教师的幸福，乐于与你的学生相处，你就会显得年轻，觉得快乐。

我庆幸着，我做教师，有着我自己的幸福。我送走一届又一届的学生，这一届又一届的学生，他们的年龄，永远只是十七八岁。做老师的，

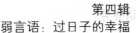

好像也成了十七八岁的人。心态年轻着，当然可以让你不老。

我庆幸着，我做教师，身处校园，甘于生活的平淡，不去尔虞我诈，不去勾心斗角，不一味地追逐金钱，不一味地追求娱乐。平淡，也可以让你不老。

我庆幸着，我做教师，与十七八岁的学生相处，站在知识的前沿，懂得生活的前卫。不断地变化着自己的"一桶水"，这取之不尽的"水源"，也可以让你不老。

享受做教师的幸福，即使是你的生理年龄老去时，你的心理年龄也是不老的。因为，你懂得享受，懂得生活。

女儿就要高考

女儿正读高三，就要高考了。

家离学校不远，女儿在家住读。每天天没亮，我就陪着女儿一块儿上学，有时送她到校门口了，我又回家睡"回头"觉。晚上了，手头的事儿正忙，可到了女儿下晚自习的时间，我又得匆匆地向女儿的班级赶，去接女儿回家，然后，再开始自己的事儿。女儿晚上回家了，她给自己规定得学习到23点半，我也就拿着本书，一声不响地在一旁陪着女儿。

熟识我的朋友知道我的辛苦，见了我就说："快了啊，你家女儿就要高考了。高考了，你就轻松了啊。"我连连点头，说"是，是"，但转念一想：不对啊，这话我似乎以前也听说过的。

女儿还在我妻子肚子中的时候，我们常听到说"快了啊，生下来就好了"；女儿出生十多天，我们常听说"快了啊，她能对着你们笑就好了"；女儿能够手舞足蹈了，我们常听说"快了啊，她能走路就好了"；女儿能走路了，我们常听说"快了啊，她能上学就好了"；女儿上小学了，我们常听说"快了啊，她上初中就不调皮了"；女儿上了初中，我们常听说"快了啊，她上高中就懂事多了"；女儿上了高中，如今，我们常听说"快了啊，女儿上了大学就好了"。

上了大学就好了吗？还得参加工作哩。参加工作就好了吗？还得有自己幸福的小家哩。有自己的小家就好了吗？她又得有自己的下一代哩⋯⋯

生命是一个又一个轮回，一个又一个轮回里有着一个又一个等待，一个又一个等待里有着一个又一个"快了啊，就好了"。

我们其实生活在这一个又一个"快了啊，就好了"的期盼里，在这期盼里，哪怕有一些小辛苦、小磨难、小波折，但是，我们幸福着，我们快乐着，我们享受着。

生活，总在自己的眼前，没有比现在更幸福的时光！

老婆爱看书

老婆迷上了看书。

前些年，老婆常看杂志，《知音》《家庭》一类的，拿在手中，一翻就是半天。不到半年，老婆说："这些杂志啊，好像全是一个味道，看了一期，就知道了全年每期的风格了。一叶而知秋，索然无味，没多大劲儿。"嘿，老婆能恰当地使用成语哩。

她开始认真地看《读者》《青年文摘》《意林》，感觉还不错。"这样的杂志，教人道理，给人力量，还行。"老婆又说，"但是，就像你们男人喝酒一样，只是啤酒的味道，不知来点白酒味道的书如何？"老婆巧妙地用了一个比喻。

老婆开始看小说。先是看《小小说选刊》，一期接一期地看，不时地发出一两句评点的话语。遇上杂志上有我的小小说时，她先是一阵惊喜，然后再和我探讨，询问我为什么这样写，有时，她也会给我的一篇小小说构思一个结尾。真让我刮目相看了。这样，我再写小说时，就不敢乱来了，构思精心一些，不让老婆抓住"尾巴"。小小说看得多了，老婆自己买了几本《小说月报》回来，爱不释手，挑灯夜读。她阅读长篇和中篇小说，一声不响。读完了一篇，有时会叹叹气，有时又高兴不已。一年多来，她对《小说月报》上的小说每期必读，还看了前几期合订本。她时不时地发评论："你看你看，写小说写得好的，女作家比男作家多得多，像王安忆、池莉、迟子建、方方、须一瓜，男的呢，刘庆邦和莫言还不错……"那些大作家在她口里，如数家珍。

前些天，她从我的书柜中搬出了《红楼梦》，说："我得仔细看上一遍，看这奇书到底怎样在精彩描写。"她看《红楼梦》电视剧看了几遍了，这次准备专攻这本小说。还央求我说："老公，听人说刘心武先生对《红楼梦》很有研究，有这样的书，你得帮我买来啊。"哈，这回还准备来研究红学了。

其实，我还忧愁着哩。要是有一天，老婆动笔写起小说来，说不定超过我，在我之上。那时，我的脸面不知放在哪儿了。但是，我期待着这一天的到来。因为，爱读书的女人的美丽永不凋谢，那爱写作的女人不是更漂亮？

我不蔑视那些浓妆艳抹的女人，她们让人觉得性感有活力；我欣赏那些化妆化得淡雅的女人，她们让人觉得韵味无穷；我喜欢素颜清新的女人，她们纯净没有杂质。但是，她们只要不读书，美丽就会打折，甚至荡然无存。书，其实是女人们经久耐用的时装和化妆品。爱读书的女人美得别致。她们不是鲜花，不是美酒，她们是一杯散发着幽幽香气的淡淡清茶。即使不施脂粉，也显得风姿绰约，气质可人。男人啊，你得用一生的时光来仔细品尝，细心感受。

我的老婆是做会计工作的，快四十岁了。熟悉她的人常对我说，你老婆越来越漂亮了哩。其实我知道，爱读书的女人，她不管走到哪里都是一道美丽的风景。

爱读书的女人，美丽永不凋谢。

美，不只是属于自己

一个叫丽的盲女孩，潜心钻研，居然成为一名当地颇有名气的钢琴调音师。每次从家里出门，她总忘不了化一下妆，当然她是那种"浓妆淡抹总相宜"的女孩。一次，她在人家里调琴，女主人忍不住问："你真的是个盲姑娘吗？"

"是呀。"女孩说。

"化妆化得真美！"女主人由衷地赞叹。

"可是你看不见你的美呀！"女主人又说。

女孩笑了笑，说："虽然我看不见这美，可是我把这美带给别人，不是更好吗？更多的美在我心里哩。"

这是一个真实的故事，我在湖南电视台《晚间新闻》里看到的。这只是一件小事，我却沉思了很久。

我们每个人都不是孤立地生活着，我们每个人都是家庭的人，是社会的人。我们不得不反思我们曾经的言行，你有过随地吐痰的习惯吗？你是个出口成"脏"的人吗？你会力争让自己的衣着整洁一点吗？你曾有过在车上让座的经历吗？……我们的"不美"，就会让这世界多了些黑点。我们要善于发现、创造属于自己的美好，然后，我们又能否想着把美好带给社会、带给他人呢？美，不只是属于自己。

我们活着，我们不仅仅是活着；我们活着，不仅仅是为自己而活。

打开窗子

蜗居斗室久了，打开小窗，一股清风紧跟着溜了进来，夹带着荷的清香，竟是这般怡人、惬意！

常有一股开窗的欲望，室友总说："开了窗，有苍蝇、蚊子飞进，老鼠们闯入，不开为好。"我无言，他性子比我强，拗不过他的。谁想，开窗竟让我有这般享受，似股清泉从心底溢出，和室友的别扭竟烟消云散了一般。虽和他居一室，常常，他的事我不过问，我的事他也不帮忙。相处的时间长，却没有谈心的时间。我和他，不也是有扇窗没有打开吗？每人打开自己心里的那扇窗，点亮自己的那盏心灯，让彼此的空气相互流通，寻找共同的话题，定会酝酿出醇酒般的情谊。

邻居是位老太太，常没个好脸色，大概是怪我们两个"夜猫子"活动太吵，惊扰了她安逸的晚年。其实我们倒觉得她不配做我们的邻居呢，这么大年岁了，你懂电脑吗？你懂年轻人的生活吗？早晨那么早起来去跳什么老年迪斯科，你又不是在吵我们吗？室友几次想去兴师问罪，好歹让我拉住了。

打开窗子，我又分明看见那老太太在我们窗下捡垃圾，她一拐一拐地捡着，很是吃力。我怔住了，不由得叫道："奶奶，谢谢您了。"那是我们丢下的看也懒得看的生活垃圾。

"没什么，反正我闲着也是闲着……"窗下传来那熟悉的声音。咦，这老太太也懂得"闲着也是闲着"，挺有意思。我们两个和老太太之间不也是有扇窗没打开吗？

打开窗子，你收获的不只是清风明月，还会品尝到如醇酒般的浓情——属于你，也属于我。

爬山虎

我常想起旧居的那一片爬山虎。

说是一片，似乎有点夸张的意味。就那么一株，几枝茎秆，些许小叶，没有密密麻麻，更没有"千树万树梨花开"般的韵味。夏天还好，有那么几许绿色，不刺眼，看了倒也让人舒服。春、秋时节，叶子淡黄淡黄，一副病态。而到严冬，更如大病的老妪，茎是她枯瘦的骨，飘零的几片叶正如她瘦弱的躯体在寒风中颤抖，增了几丝悲凉。

住进旧居正值夏日。旧居是我外婆生前的居住处。在那儿，每天谁都

把门紧闭着，谁也不认识谁，更不用说谁了解谁。我们三口之家则是因为我和妻工作无着落而暂居于此。

"爬山虎！"小女最先看到爬山虎，喊道。心绪不好的我和妻没有应答，无动于衷。

第二日，下了一场大雨。大雨过后，小女急急把我拉到墙角，说："爸爸，你看这爬山虎受伤了，它疼吧？"的确，一场暴风雨的吹打，使它原来不多的叶翻了过来，前行的蔓也耷拉下了头，一副失去生命力的样儿。

"看样子它是死去了。"对花草毫无经验的我不理小女的问话，说，"把它扯掉算了。"

"别……"小女急说，"你看它多可怜，它生病了，一定会好起来的，一定会爬得老高老高。"她一副充满信心的样子。

我不再难为小女，其实，这爬山虎的存在对我们是绝无妨害的。

过了几天，果然，经过一场磨难的它叶又绿了，恢复了原样，又开始向墙上边爬动了。

我惊叹于它顽强的生命力，便和小女一样，开始每天都来看护这爬山虎。我们找来小铲，给它松土；小心地翻动它的叶，为它除虫。我们更仔细的是观察它的脚，这是些真如壁虎脚般的脚，紧紧地吸着墙面，越是凹凸的墙面越是吸得紧，支撑着它的身体坚定不移地向前进。

"它每天向上爬不少呢。"小女像发现了新大陆似的说。她又找来粉笔，让我在墙上做了记号，说："明天，它一定会比今天爬得更高。"

我感动了，为小女的稚语，也为爬山虎坚韧顽强的上进精神。这对于无业的我，无疑是一种充实，更是一种力量！

不到一年，我和妻都找到了工作，要搬家了。我们也依依不舍地和这株爬山虎告别，小女拉着我们说："到了新居，我们在墙角也栽株爬山虎，好吗？"我和妻都点了点头。是的，我们一定要栽一株爬山虎，为可爱的还不谙世事的小女，更为着在逆境中站起的我和妻。

爬山虎，永远向上的爬山虎，给人以向上的力量，给人以顽强的精神。它给予我的，是任何一位良师诤友的馈赠都难比的。

将鞋擦擦

我和朋友正低头吃着早餐，有擦鞋女走了过来："先生，给您擦擦鞋吧。"

我抬起头说："不擦不擦。"有些不耐烦的样子。擦鞋女又走向了朋友，朋友的皮鞋干干净净，估计是擦过了的。但是，出乎意料，朋友伸出了脚，说："给我们两人都擦一下吧。"他说着对着我指了指。我就不好拒绝了。

擦鞋是一元一双，朋友递给擦鞋女两元钱，擦鞋女说了声"谢谢"，走了。

吃完早餐，我说："你知道的，我是不在外擦鞋的，这种习惯不好，出钱擦鞋，说严重点，是奢侈生活的开始。"我和朋友都是上班族，朋友的月薪比我还低一些。

"是奢侈吗？"朋友反问我。

我点了点头，又说："你不知道，我的皮鞋是我自己在家中擦的，两元一盒的鞋油，我可以用上几十次。"

朋友笑了："那你成富翁了吗？"

我摇了摇头，又问："我分明看见你的鞋子干干净净的，为什么还要擦一下啊？"

朋友没有回答我，说："那些擦鞋女的生活和我们相比，怎么样呢？"

"肯定不如我们。"我马上说。

"那为什么不请她们将鞋擦擦？这也是在做一点小小的善事啊。"朋友意味深长地说。

我没想到，小小的擦鞋，居然还有这么多的学问。我就想起了诸葛亮的那句话：勿以善小而不为。

我再上街的时候，总是记着会将自己的鞋找人擦擦。

高　贵

我走过地铁站台，那儿正有个中年人在卖唱。弹着一把几乎生锈的吉他，却也流淌着动听的音乐。

川流不息的人群里，偶尔有人在他面前停留，然后，给他一点钱。有一元的，也有十元的钞票。见有人丢钱在他面前的小碗里，他不时地点着头致谢。

我走上前去，微笑着对他点了点头，在他面前的小碗里也放进了十元钱。

他拨弦的手指没停，口里的歌儿也没歇，弯下腰，深深地对着我鞠了一躬。

正好一曲完了，我也不急着赶路，有些不解地问他："同样地给了你十元钱，为什么你对人只是点点头，对着我却鞠了个躬呢？"

"谢谢你，小哥哥。你给我钱之前，对着我点了头，给了我微笑，其实远远胜过你给予的十元钱了。这是鼓励，这是你给我的尊重。"中年人轻轻地说道。

顿时，我觉得自己也高贵起来。

道　德

"现在的人啊，太不讲道德了，人倒在地上，却没有人去扶。"见有记者采访，李三感慨地叹气。

"那请问您，您有过这样的亲身体会吗？"拿着话筒的女记者问。

"当然有过。那次在人民路十字路口，雨天，我就假装摔倒了。来来往往的人，可是没有一个人停下来，像没有看见一样。"李三说。

"可能是觉得您年龄还没有五十岁吧。"女记者说。

"也不是啊。我曾经请我家快八十岁的老父亲在利生购物城门前摔倒过，仍然没有一个人肯上前来扶一扶。"李三又说。

女记者不由得生发感慨："人人都有摔倒的时候，摔倒了，应该有人来扶，这才是一个有道德的社会，这才是一个阳光的社会。"

"再请问一下您，您的职业？"女记者又用话筒对准了李三。

"我是一家晚报的记者。"李三丢下了一句话。

伤　害

在这所高中学校宿舍里，一个女生晚上睡觉时脸上被人划了一条小口子。女生睡得沉，居然不知道是谁对她下了手。

女生的成绩好，全班第一。也许是遭人嫉妒，才被人暗算了。

女生受到了伤害，学校成立调查小组进行调查。终于有了结果，是同宿舍的短发女生划的，用的是一个废弃了的小刀片。伤害的原因，正是嫉妒那女生全班第一的好成绩。

当天，短发女生的父亲赶到了学校，将受伤的女生送进了医院。同时，和女儿一道配合学校和公安机关处理此事。

"这个短发女生，真下得了手啊，同班同学，她这是故意伤害。"有人说。

"嫉妒就下了这么重的手，这个女生有心理问题。"有人接着说。

"不能让她参加高考了，考上了大学同样去害人。"又有人说。

"这短发女生和那些杀人犯没有什么两样，我觉得肯定得送司法机关，让法律严惩。"还有人当面建议。

当晚，短发女生不见了。

第二天，警察找到短发女生时，她正从自家的三楼阳台跳下去。

小 偷

家里进来了小偷。

大门开着。小偷走了。

妻子和丈夫都醒了，站在客厅。丈夫的长裤不见了，应该是小偷给捎走了。丈夫时不时地向外瞄上两眼，似乎想看到那个小偷的样子。

妻子清点家中的东西。现金、存折、银行卡，包括儿子十多年前就储钱的小猪存钱罐。妻子说：去睡吧，我刚认真清点了，什么都没有少。

丈夫似乎想起了什么，跑出了家门，就在楼下，借着月光，他找到了自己的长裤，摸了摸裤兜，将裤子捡了回来。

妻子又说：你看你的长裤也回来了，家里真的什么东西都没有少哩，咱去睡吧。

丈夫站在客厅里，纹丝不动。

妻子走近看了看，说：哦，原来你的皮带让小偷给抽走了啊，这样，明天去给你买一条新的，别担心了。

丈夫仍然一动不动，妻子过来拉一拉丈夫。

丈夫发出了声音：你知不知道，我的长裤里有两千多块钱哩？

怎么会有钱呢？妻子很敏感地问。

是我一点一滴平时积攒起来的。丈夫的声音小了些。

谁知，妻子的声音大了：怎么，你平时还在攒着私房钱啊？我看啊，

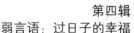

这家里，真是出了小偷了……

正是夜半，邻居家的窗户一个个地打开了。

美丽罂粟花

就那么静默着，她成了一幅美丽的画。

所有的语言都成为多余。清秀的面庞上，闪动着两颗葡萄似的眼，就要浸出泪水一般。嘴角上的一丝微笑，跳动着蒙娜丽莎般的迷离。一袭紫衣，魔幻般套在她的身上，缥缈，无影。她是个不食人间烟火的尤物了。

她走动了，如一阵清风。她给参加"沙龙"的每个人斟上一杯茶，然后，静静地坐在最后一排，听前排的那些人一个又一个地谈论。偶尔，她嘴角会动一动，算是回应。她的面前，摆着一个笔记本，很精致的。上边爬满了文字，她刚刚写下的文字。

缓缓地，她走向前排，开启了她总是闪着笑意的唇。仿佛是天籁之音："我用皮鞭，抽打生活的雪原；我的灵魂，蜕化成我的躯壳……"

这是她的文字。很多人读过她的文字，灵动，灵性，灵异。

晚上11点多的时候，回到家中的我接到老朋友刑警队长江海的电话："你来看看，我这里有你的一个朋友，她说认识你。"我赶了过去，是她。

江海打开电脑，为我放了一段录像，是有人刚刚拍摄到的，很清晰。画面上，一个女子，魔术般转动着手中的吸管，剪锡纸，烧，吞云吐雾。

"你看她动作精熟哩。这是在'溜麻果'，吸毒，你知道吗？"江海对我说。

是她！

我看了看她，她的嘴角，依然跳动着蒙娜丽莎般的迷离……

电脑画面上，正闪过一朵罂粟花，鲜亮，娇艳。

最美风景在路上

一个朋友就要退休了，他很有些沮丧，说："你看你看，我都快退休了，还总觉得自己一事无成，像什么事也没能做成。"

"那你有哪些事没能做成呢？"我问。

"我退休了，职务还只是个小科长，手中的积蓄也不过大几十万元，儿子大学毕业了，前年才找到一份工作，还有，在家中，和老婆总会时不时地吵上几句……"他一下子蹿出了这么多的话语。

我笑了笑，说："我其实也和你差不多的。但是，我觉得，最美的风景在路上啊。"

参加工作几十年，你从一个小小的办事员做起，奋斗到科长这个虽不算高的级别，但你肯定是有自己的付出的。在这个过程中，你学会了待人处世，个人工作能力也得到了提升。你的工作经验，也在这个过程中慢慢积累。

你参加工作时第一个月的工资只有22元，这几十年来，你懂得省吃俭用，你知道怎样花钱，才有了这大几十万元的积蓄。这大几十万元，对于富豪们来说，确实不算钱。但对于我们每一个真实地生活着的草根

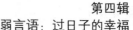

族来说，这是自己心血的凝聚！回想起来，你不觉得这大几十万元闪耀着光荣吗？

你和老婆有了儿子，你们将儿子从牙牙学语培养成一个大学生，不知道付出了多少艰辛，可就在这艰辛之中，你们不更是体验到了家庭的幸福，感受到了真正的天伦之乐吗？儿子大学毕业了，能找到一份工作，那更是值得庆幸的事。

夫妻之间都会吵架的，这是再正常不过的事情了。吵架，应该是夫妻关系的润滑剂。也许，在有些争吵之中，夫妻关系更亲密了哩。以后的日子，肯定还会有争吵。这偶尔的争吵，也许就是后来最美的风景呢。

而这小科长、小小的几十万元、才找到工作的儿子，和你时不时吵架的老婆，就是你一路上最美的风景。

在路上行走的姿势是最美的。

只是做一件事，在路上即便经历些曲折，也就有了更美的风景。而人生呢，正如一句广告所说：人生，就像是一场旅行，不必在乎目的地，在乎的是沿途的风景，以及看风景的心情。而就在这看沿途风景的路上，就是你最美的时光。

最美的风景在路上。

烈酒或者白开水

我们总是觉得我们生活得不够幸福，像喝着一杯白开水。

我们常常羡慕那些刻骨铭心的爱情。那些男男女女，总会经历一些磨难，磨难过后，等到最后，有情人终成眷属。或者，一方为了追求另一方，使出了浑身解数，终于抱得美人归，终于钓到金龟婿，然后，又是一番海誓山盟。在我心里，我总觉得，这样的爱情才算是真正的爱情。而我们很多人的爱情，一个男孩和一个女孩说好就好上了，然后恋爱，然后结婚。可这样的爱情，我们总觉得差了点味道，差了爱情的激情。于是我们的心里就有了遗憾，为什么我们的爱情没有海誓山盟？为什么我们的爱情不是刻骨铭心的？为什么我们夫妻两人中没有谁会大病一场，让我们成为真正意义上的患难夫妻？

我们在上小学时，就读到了"苦难是人生的财富"这句话，我们也听到父母拧着我们的耳朵说"吃得苦中苦，方为人上人"。可是，我们的人生，却总觉得是平平淡淡的，如一面如镜的湖水，没有一丝波澜。我们就在问：我们的苦难到哪里去了？没有苦难的人生，应该是没有意义的人生吧。没有苦难，我们怎样成就自己的事业呢？可是，我们就没有道理地小心眼地羡慕着，哪个同学的腿不小心折断了，哪个朋友的父母离异了，哪个同事的父亲很早就去世了。我们只是在口中空念着："天将降大任于斯人也，必先苦其心志，劳其筋骨，饿其体肤，空乏其身……"

其实啊，这样的我们，拥有着人生真正的幸福。那首熟悉的歌总会在我们心中不停地唱：想和你一起慢慢变老，什么山盟海誓都不要，不管岁月多寂寥，世事变换了多少，只要我们真心拥抱……

人生真正的幸福，就是像这样喝着一杯白开水，两人手牵着手，一起慢慢变老。爱情，我们不拒绝刻骨铭心，但我们应该更向往平平淡淡；生活，我们不惧怕狂涛巨浪，但我们更喜欢风和日丽——我们的生命，可以像烈酒一样因辛辣而壮美，更应该像白开水一样因平淡而幸福！

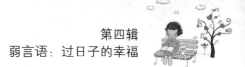

生活，也只是生活

生活，也只是生活。

有些人为自己而活，有些人为他人而活。为自己而活，有尊严，也快乐。为他人而活，多付出，常疲倦。

大红大紫的明星为名而活，大富大贵的官商为利而活。为名而活累了自己的心，为利而活累了自己的身。为名为利，累了自己的身心。

生活，也只是生活。

围着明星而活的人，也是为自己的生活。靠着官商而活的人，也是为自己而活。好多的人，是借了他人而活着，比如记者，比如乞儿或如乞儿般的吏人。

活着，总是有着自己的理由。为名，为利，为色，为气，为钱，为情。

为名是为着将来，为利是为着现在，为色是为着愉悦，为气是为着一时，为钱是为着嘴巴，为情是为着心情。

生活，也只是生活。

名不大，利不厚，色不佳，气不胜，钱不多，情不重，但也是生活。

良田万顷，一日只食三餐；广厦万间，一夜只宿一床；弱水三千，只取一瓢饮。名垂千古是生活，悄无声息也是生活。富贵满身是生活，街头乞讨也是生活。万千佳丽是生活，家有糠妻也是生活。一时之雄是生活，胯下之辱也是生活。万贯家产是生活，一贫如洗也是生活。海枯石烂是生活，平平淡淡更是生活。

生活，也只是生活。

生活中，总会有个"我"。

一路芬芳

从我家到我工作的学校，不过三四里。

就有了那么一条三四里的小路。

我走着去学校，我走着回家。每天。

路是水泥路，硬硬的水泥路。时不时地会"呼"地有一辆小汽车蹿上前，也会有载满石子的大货车咆哮着向前冲。但我走我的路。

路的两旁，总是散发着满鼻子的芬芳。散发着芬芳的是一株又一株生长着的植物。青翠欲滴的是一大片又一大片，还有紫红色、淡黄色、深青色……俨然一幅精美的水彩画。

最诱人的是那矮矮的栀子花树。一年四季，它的叶子总是青绿青绿的，叶片上总是闪烁着耀眼的光泽。我的故乡也是常有栀子花树的，比它高大，叶子会枯黄而落。但花香却是一样的。四五月间，栀子花树就成了那娇羞的少女一般。只是一场雨过后，花蕾就如那胸脯一样，饱胀起来，丰满起来。要是一阵清风吹来，那缕缕的清香，就从紧紧的蕾尖泻了出来；也许会吐出一袭儿白色，那是真要盛开的前兆。

走在小路上，我有时也想着些杂事，乱得如一锅粥，闻着这清香，就

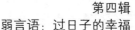

理出了头绪。然而，矮矮的栀子花树也就那么一小片；我真要感激那种花使者了。

有时，我会构思我正在写作的小说情节，走着走着，就走回了家。

路旁也有不知名的小花，夹杂在青草间。一阵风过，像眨着眼睛一样。有蜂蝶飞舞着，花儿肯定是她们最好的家园了。有香樟树立在路旁，并不高大，总是像老朋友一样等着你的到来。那如一座座鸟巢样的树冠，几乎就是个大大的香囊。走过，就会释放出大口大口的香气，偷袭你的鼻子，让你不由得放慢了脚步。

有小块小块的菜田，每块不过两三平方米，却也演绎着四季之歌。有的会种上豌豆，那花儿开了，暗紫带白的颜色，没有浓香，却带着泥土的气息。我记起乡下的母亲，曾喂养叫着"豌豆花"的母鸡，那鸡的毛色，和这暗紫带白的小花真是一样呵。花开了不过一个月，就会有青翠的果儿露出脸来。等上几日，你会情不自禁地凑过去，摘下几颗果实来品尝品尝。不必担心，肯定不会有人来轰赶你的，因为，你的光临是对菜地主人的赞美。那果实，我们叫它"豌豆巴果"。乡间，也常有这样的鸟儿叫着，"豌豆巴果，豌豆巴果"。有人说，它在叫"阿公阿婆，割麦插禾"，是在劝人们要勤劳吧。

我也见过这小块小块的菜要换季的时候。蒜苗枯萎了，得一束一束地缠起来，如日本少妇的髻。这是不能丢弃的，因为下头还藏匿着大个大个的蒜头。地空出了一些，就会栽上辣椒苗，或者栽种瓜蔓，瓜蔓伸着触须，开始占领自己的领地。还有豆苗，三五棵挤在一起，热闹地伸长脖子向上生长。

小路上也是有怪异之景的。醉酒的汉子在小路上呕吐，似乎要吐尽人生的苦水，然后是撕心裂肺般痛哭。黑夜时，也有肥硕的老鼠溜出来，向前猛地冲刺，吓人一跳。

我是没有一丝恐惧的。前边不远处，就有我可爱的学生们，我早已听到他们的琅琅读书声了。

小路不长，却颇有几道弯。也许正因为多了这几道弯，走路也就多了些情趣。走在香樟树下，时不时地，我会蹦跳着，揪下一两片叶子，放在鼻尖闻闻，小孩子一般。

我走着去学校，我走着回家。每天。

每天，一路芬芳。

在心间植一株清莲

我是见过牡丹的，国色天香，富丽华贵。似乎片片花瓣都散发着雍容的丰姿，即便是小小的叶儿，也是高人一等，傲视群芳。她们是高不可攀的。我每天都能看到小草，遍地都是，用她旺盛的生命力诠注着自己存在的意义。她们，又是太平凡。

我不是敦颐夫子的嫡传，但我的心中总是对莲有一种说不出的向往。香远益清，亭亭净植，说尽了莲的性情。出淤泥而不染，濯清涟而不妖，写全了莲的精神。一株清莲啊，你就是我梦中的爱人。

在心间植一株清莲，我对自己说。

这一株清莲，她是不食人间烟火的小女子。她对世间的要求太少太少，一点阳光，会让她欣喜不已；一丝微风，会让她手舞足蹈；几滴清露，更令她泪花四溅。

这一株清莲，她从大观园中走来，是脱胎换骨的林黛玉，弱不禁风，

娇喘微微，成天嗜睡在我心里的池塘。冬天的时候，是她怕冷的时候，我心的血滴，这时就成了她的火炉，成天为她闪光。

这一株清莲，她总是充溢着诱人的气息，散发着迷人的情趣，孕育着惹人的果实。她用她青嫩的芽儿和蜻蜓捉着迷藏，她用她翠绿的叶儿和风儿玩着游戏，她用她或红或白的花儿和白云打着招呼，她用她洁白的藕尖自信地迈着前进的脚步，她用她黑黑的莲子谦逊地展示着内心的充实。她，其实是用她自己的生命，写着一首属于自己的诗。

这一株清莲，"可远观而不可亵玩"。她没有高贵，但她有她的矜持；她没有华美，但她有她的优雅；她没有骄傲，但她有她的纯朴；她更没有一丝艳丽，因为，她就是一株清高的莲！

我在心间植一株清莲，让她婷婷立于我心间。每天，我用我的心跳和她约会，用我的心跳呵护她的绽放。我会用我张开的臂膀，为她挡住袭来的凄风冷雨。我会用我蓬勃的生命，为她换取生长的营养。

在心间植一株清莲，这株清莲，是我每天的念想。

在心间植一株清莲，这株清莲，让我的生命一片芬芳。

恋爱，从五十岁开始

多少岁开始恋爱？这是一个有点难回答的问题，也是每个人都必须面对的问题。

青梅竹马，两小无猜，这是一种原始的恋爱。一男一女两个小孩子，每天在一起玩耍，有好吃的东西一起吃，有好玩的玩具一起玩，当然就会产生感情。但是，他们这时候是没有主动权的，他们要受家中长者的制约，什么时候开始玩，什么时候得回家，他们是不自由的。他们也没有抗击风险的能力，比如下大雨了，他们之间是不懂得保护的。这种恋爱，可以从三岁开始，八九岁结束，可以说是一种原生态的无杂质的恋爱了。

到了十三四岁，孩子们上了中学。从初中开始，就有了早恋。男孩子写给女孩子情书，女孩子赠给男孩子礼物，放学了，不急着回家，会在教学楼的拐角处约会，有时会有一个别扭的拥抱一个青涩的吻。到了读高中时，男孩女孩之间话语多了，交往得也多了，都想着拥有属于自己青春的爱情。这时候的恋爱，只是比初中时动作激烈一些，拥抱和接吻的动作规范了一些。偶尔也有出轨的，出轨了也就出事了，闹得学校家庭都不会安宁。但说回来，他们的这种恋爱准确地说叫恋情，因为只有一些清纯的情感，没有考虑情感之外的东西，这是一种站在爱情门口的恋爱。

上了大学，那可以正大光明地恋爱了。在大学校园里，到处可见成双成对的、接吻拥抱的学生，更有甚者，到外边租房同居。这时候的恋爱，可以你喂我吃饺子，我喂你吃面条；我替你提开水瓶，你替我洗两件衣物；或者，一起生火做饭，逛街购物。这时候的恋爱，是甜蜜无比的。大学生们有句名言：大学恋爱了，也许后悔三年；大学不恋爱，就要后悔一辈子。这时候的恋爱，其实是大学生们打发寂寞最好的方式。他们恋爱，大多数并不是为了婚姻。所以这时候大学生们的恋爱，只能说是大学生们消除寂寞的最好方式。

大学毕业有了工作，当然要思考恋爱结婚的事。这时候的恋爱，肯定是建立在物质和精神的双向基础之上的。尤其是物质方面，除了考虑对方的身材、长相等条件之外，更多地要看对方有什么样的工作，对方的父母

做什么工作，对方经济基础怎么样。如果对这物质方面的条件满意了，那这肯定是一桩美满的婚姻。这时候的恋爱，是以婚姻为着眼点的。从恋爱的纯度来讲，不及大学时代的恋爱。

结婚之后有恋爱吗？有。封建时代如果说有爱情的话，那爱情就在结婚之后才开始。20世纪90年代之前的不少婚姻，也是先有婚姻后有爱情的。当今时代，也仍然存在这种现象。人与人相处，毕竟会有一个过程。这个相恋的过程，也许就在结婚后。但是，当有了无穷的家务事，有了家中的小孩子之后，这种恋爱就会慢慢消失。那时候，夫妻之间不打架就是再好不过的了。朱自清先生是多么优秀的男人，夫人为他生下了多个孩子之后，他也感到打点自己的恋爱有些难了。

那么真正的恋爱从多少岁开始呢？

从五十岁左右开始。这时候，如果是成功人士，事业已基本定型；如果家中有子女，子女已经工作或者成家，用不着操多少心；如果要花钱，家中有一些积蓄；如果要出去旅行，自己也有时间；如果要处理棘手的问题，自己也有了些社会关系和社会经验。这时候的夫妻二人，花心的年龄已过去，花心的男人女人都收心了。这时候的夫妻二人，懂得怎样用语言或动作来疼爱自己的另一半。这时候的夫妻二人，没有少年时的热血澎湃，只有持重闲适；没有古来稀的老态龙钟，仍有锐利威猛。这时候的恋爱，摒弃了名利，抛弃了功利，只剩下了属于自己的二人世界。这时候的恋爱，如鱼得水，风生水起，得心应手。这时候的恋爱，才是真正的恋爱！

真正的恋爱，从五十岁开始。

感激拒绝

那一年，他二十二岁。

京城文坛领袖读了他的文章，逢人就说自己的感受："……不觉汗出。快哉！快哉！老夫当避此人放出一头地！"并说，"此人可谓善读书，善用书，他日文章必独步天下。"

几年地方官的磨炼，让他有了些资历。皇上就想着将他诏入翰林，掌管起草诏令之事。可是，到了宰相那儿，却遭到了反对："不可，此人不令人信服，不能任用如此重要之职务。"皇上想了想，又说："那就让他修起居注吧，给我做做生活文书。"

"也不行！"宰相又说，"修起居注一事的重要性不逊于起草诏令，也不能马上就给他。"宰相同时小声地建议："可以给他一个馆阁职务，到史馆做做，也算是接近皇上了。"皇上想想也行，宰相又说："得让他考试，通过后才行。"

"还得考试？"皇上也有疑问。

宰相点了点头。

几天后举行了考试，他入三等，得以通过，进入史馆。

后来，他成了翰林大学士，做过兵部尚书、吏部尚书等要职，也成了天下的大文豪。有人对他讲起宰相拒绝他的故事，他笑了笑说："那时，宰相不让我入翰林的决定是正确的，这叫作爱人以德，是爱惜我这个人才哩。我从心里感激他。"

其实，当年也有人问过宰相："为什么要拒绝这样一位有才华的青年才俊？"宰相说："他是个很了不起的人才，今后肯定会得到朝廷的重用，但是这还要有人来培养他，使天下的人都信服他，他的才能才可能更大程度地发挥。过早地让他任要职，人们不信服他，反而害了他……"

他，就是旷世奇才苏轼。宰相，名叫韩琦，一位长着慧眼的伯乐。

十张贺年卡

年末，单位给每人发了十张贺年卡。贺年片设计得精美，图文并茂。右上角也附上了邮票，只需写上祝福语和收件人的地址就行。我高兴地拿起了笔。

可是，我高兴不起来了，我犯愁：我将这贺年卡邮寄给谁呢？

我首先想到了我最好的同学，张平、王红，还有李建国，给他们一人寄一张吧。但转念一想，这个张平和王红，是我中学同班同学，我们每隔上三五天就在一起聚餐畅谈，那还用寄吗？那个李建国，大学同学，几天就一个电话你来我往地联系着，想想，也用不着给他寄贺年卡了。

那就寄给朋友吧。这些天和张一明正有点生意上的往来，给他寄吧。可也不成啊，寄张贺年卡，是不是想着有什么另外的要求啊？算了吧。寄给李娟？上个月刚认识不久的女性朋友，也不行，要是人家回过来一张贺年卡，让老婆瞧见了，呵呵，不好收场了。

寄给领导，可这是单位领导发给每位员工的。如今给领导拜年，用贺年卡行不？老土了吧。寄给父母，乡下的父母能收到么？还不如寄点钱哩。也不行。

十张贺年卡躺在我的办公桌上，静静地。

我拿起其中的一张，写上"新年快乐"，然后，填上了自己的姓名和地址。明天，我得去邮局寄出这一张贺年卡了。

剩下的九张，我束手无策了。我悄悄地放进了我办公桌最底层的抽屉。

贺年卡，慢慢地离我们而去了。

我找出了20世纪八九十年代不少朋友寄给我的贺年卡，认真地读着上边的文字。满心的欣喜之后，却有一种心酸的感觉：这个社会，当贺年卡慢慢消失的时候，我们的情感也慢慢地萎缩了啊。

美女寂寞

美女是寂寞的。

常常看见的美女，感觉上总是热闹的。前边是一美女，后边会跟上一个连的队伍，追赶着，追捧着。美女自己呢，淡妆浓抹总相宜，回眸一笑百媚生。有的来一段热舞，唱一首劲歌，热情奔放，豪情冲天；有的小曲低吟，纤指慢捻，委婉含蓄，最是那一低头的温柔。

其实这只是表象而已。真正的美女，肯定是寂寞的。

美女的要素，当然包括形体与容貌的美丽。这是美女的体质美。这种体质美，有与生俱来的天然美，比如面容清秀，唇红齿白，腰身匀称，长发飘飘，等等。这些美丽的要素，只需要最少的时间打理打理，它自然地呈现出天然的美丽。体质美也包括后天创设的装扮美。你可以让你的衣着得体一些，颜色搭配，长短互补，薄厚相交，都是要注意的。高超的化妆技艺更能显现美女的装扮美，是浓还是淡，是冷还是暖，是炫还是素，那你就得细细思量。要做到"淡妆浓抹总相宜"一样的西施是不容易的。即便是你想要有时候故意走一下光，那也得恰到好处才行。而这化妆的时间，就更多了。大诗人徐志摩与大美女陆小曼生活时，陆小曼几乎每天下午的时间都用来化妆，一个人将自己关在化妆间里。你说，这时候的美女不寂寞吗？

但是，美女只是有着形体与容貌的美丽，那她只是一个花瓶。青春年华易逝，她的美丽自然消逝。有时候一个光彩照人的美女一出现，一阵惊呼，但马上就被"吁"声淹没了，因为她的美一会儿就让人觉得想遁逃了。

因为，她没有气质美。

如果说体质美是肌肤上的美，那么气质美就是骨髓里的美了。一个美女，想要拥有骨髓里的美丽，那就更需要长久的寂寞了。

你想要会一段热舞，那你就寂寞成了一支舞曲；你想要来点书画，那你就寂寞成了毛笔上的羊毫；你想要写篇文字，那你就寂寞成了闭门读写的书虫。世外仙姝寂寞林，琴棋书画样样精通，你要想想，她曾经寂寞了多久？她又将会寂寞多久？

当美女内在精髓的气质美与外在形象的体质美相遇时，必然产生了第三种美，那就是素质美。素质美与美女的举手投足相关，与美女的一笑一颦相连。当一个美女走过，男士们目送着走远，甚至还有跟着前行的，可是，当美女很轻率地将一口痰吐在路边的电线杆上时，你是不是会大惊失色呢？

其实，成功的美女也是寂寞的。她身后的男士，心里总以为她太高傲，想追也追不上；或者，总会认为，这样的美女，她会缺少男友吗？前进的脚步戛然而止。因为男人的自卑，让美女更寂寞。

体质美、气质美、素质美，注定了美女必然寂寞。

要做美女，首先选择寂寞。

因为寂寞，才有美丽。

借你的肩头靠一靠

借你的肩头靠一靠，现在的我有些疲劳。

轻轻地靠在你的肩头，你千万不要诧异。人生的旅行也算漫长，行走的我难免孤单。昨天的我曾经踌躇满怀，曾经鲜花绽放，曾经风生水起，但是我疲倦了，我孤单了，我悲伤了，我就找到了你。轻轻地靠在你的肩头，我的心有了新的驿站。因为有你，我的生活掌声响起。

轻轻地靠在你的肩头，你千万不要惊喜。在生命的路途中遇到你，我的生命更有意义。今天的我，失恋了，失业了，失学了，失去了自己。轻轻地靠在你的肩头，我找回了感觉，我找回了自己。因为有你，我的生命燃起生机。

轻轻地离开你的肩头，你千万不要忧郁。也许正应了那句老话：流水无情，落花有意。不属于你的，你总会失去；属于你的，总会属于你。

轻轻地离开你的肩头，你千万不要回忆。你的笑脸我会珍藏，你的泪水我会埋葬。其实我啊，也只是你的一个中转站。

我只是，借你的肩头靠一靠。

请原谅，我不是归人，是个过客。

人生无处不等待

人生无处不等待。我们的人生，其实就是一次又一次等待的大集合。

一个女人挺着大肚子的时候，她一定幸福地等待着她的孩子的降临。孩子出生了，做父母的，满脸希冀地等待着孩子一天天地长大。孩子上学了，又会等待孩子的放学，等待孩子扑向自己怀抱的那一快乐的时刻。长大成人的孩子，总在等待拥有幸福的伴侣。恋爱，结婚，又是一个或漫长或短暂但肯定是甜蜜的等待。参加工作了，等待着加薪，等待着升职，等待着自己手中的钱够了，买房，购车。我们的生命，便也在这等待中被蚕食。退休了，等待着儿女们的每一次回家，那是亲情的向往与期待。在这等待中，身体也就慢慢老去。而等待的最后，必然是一个熠熠发光的节日——死亡。这也是一个必然降临的节日。

人生啊，其实就是一个充满了等待的过程。人生啊，其实也只是一个从生到死的等待过程。

享受等待！如果你消极地只是将等待看作等待，那么你就会让时间一次次地从你身边悄悄地溜走，让自己的热气腾腾的生命慢慢地蒸发。等车时，你可以拿出随身的杂志翻一翻；等一场约会，你可以尽情回忆曾经的甜蜜。等待孩子降生，你应该早早布置好孩子的新天地；等待亲人归来，你应该先好好经营家中的厨房。等待升职，你手中的工作应该做得更好；等待买房，你挣钱的劲头应该更足。享受等待！即便是身处高位后误陷囹圉，你也应该懂得闻过自新。不是常有贪官入狱出书的新闻吗？享受等待！即便是才气横溢却暂入迷宫，你也应该懂得待价而沽。不是古有孔明出山千古流芳吗？

享受等待，其实也是自我修行的一个过程。

等待中，总是充满着一个又一个梦想与希望。就在这梦想与希望的实现与破灭之中，我们体会到人生的酸甜苦辣，感受到生活的喜怒哀乐。

人生无处不等待。人生的长路上，你会亮起一盏又一盏等待之灯，而你，便也在等待中成长，在等待中辉煌。

偶尔挂念的人

就像湖面拂过一阵清风，心里泛起了丝丝涟漪。这时，你的心里，是否想起了一个人，想起了一个偶尔挂念的人？

偶尔挂念的人，不是曾经的恋人。生活中的我们，俊男靓女也好，皓首翁姬也罢，不少的人都经历过一场刻骨铭心的恋爱，有过海誓山盟，憧憬海枯石烂，但又也许分别了，天各一方。这曾经心中的恋人，伤过你的心，或你伤过他的心，但总是记着的，甚至铭刻于心了。

偶尔挂念的人，当然不是你的家人。家人是温暖的代名词，每天每时都在一块儿，会有说不尽的快乐；即使短暂分别了，那又成了细细品味的甜蜜。

偶尔挂念的人，也不会是你的朋友。朝夕相处，几次酒局，几场麻将，几回K歌，朋友之间大多亲密无间。不见面的时候，朋友之间也会打

个电话、发个短信问候问候。

偶尔挂念的人，不是你生活中的主角。

偶尔挂念的人，也许是你童年的小伙伴。那多少个有着皎洁月色的夜晚，你们一块儿游戏，一同享受最纯真的幸福。可是，那个人呢，如今不知到哪儿去了。

偶尔挂念的人，也许是你中学的同学。那同窗的岁月，吃着几个馒头，就着一点咸菜，唱着只有自己能听懂的歌儿，永远有说不完的乐趣。这个人，也许在三年前又见过一次面了呢。

偶尔挂念的人，也许是你曾经的同事。也就同了那么一年的时间，但他给了你参加工作以来最贴心的帮助。还有，他陪着你在一个落雨的黄昏逛过一次街，那次什么也没有买到。

偶尔挂念的人，也许和你只是有过一面之缘。早餐的摊位上，她努力地为你挪出了一块空地；拥挤的公共汽车上，他主动地让出了自己的座位。

偶尔挂念的人，也许根本就是一个陌生人。那次演讲会上，观众席位上的他给了你一个漂亮的响指，你再细看时，却不知道是哪位帅哥了。马路上迎面走来，她给了你一个甜美的微笑，等到你回头，她只留下一个长发飘飘的背影。

也许，他和你有过一张无意中的合影；也许，她的手机中存着一直没有拨打的你的电话号码。也许，他正欣赏着这张独一无二的照片，她正翻看着手机中你的电话号码……但是，你不知道，他也不知。

偶尔挂念的人，是你生活中的配角。就像生活中的菜肴，没有佐料，就没有生活的味道。

心底只是那么轻轻地一触，一想起偶尔挂念的人，就像吮吸着一颗甜甜的糖果，在心中回味无穷。

我的时间从哪儿来

前天，有个好朋友打电话说："你教高中语文，兼行政事务，却写了那么多的文章，有小说有散文有诗歌，还有教学论文，另外，你还参加一些社会活动，也打麻将，那你的时间从哪儿来的？"

我笑着回答："当然是从我每天的24小时中来啊。"其实，时间正如海绵里的水，本来就有，挤一下更多。

于是，我就想着将我平常的做法写下来。

我对日常事务有个基本态度：公务，迅捷之中追求准确；教学，实用之中追求艺术；写作，喜欢之中追求深度；生活，平淡之中追求雅致。亲情品悟永远贯穿，身体锻炼穿插其间，阅读电影相时为之。

不管你做什么事，读书，写作，教课，社交，你一定要全身心地投入。全身心地投入，本身就是一种高效率。

少看电视多看书。专门用时间来看电视，其实是一种浪费。偶尔看看，倒是一种休息。多多阅读书刊，比从电视上获取的知识与快乐要多得多。

要会观察。观察生活中的不一样，从不一样中捕捉写作的灵感。

要有倾听的本领。和你的朋友聚会聊天，有时朋友的一句话或一个故事就成为你创作的源泉。

要有随时动笔的习惯。如果当时有条件，当场完成文章的写作。如不能完成，记忆力好的话，可记在头脑中。不然，就用小本子记下想要写作的题目和提纲。现在我习惯用手机记，一般不超过10个字。等一回到家，就立即写作，将那题目和提纲转化成一篇文章。如果不及时转化，你所记下的就可能会忘记。即使是没有忘记，累积多了，你又从哪一篇开始写呢？那只有全部舍弃了。经过多次训练，随时动笔就成为自己的一种本事。

学会习惯性联想。你在写着这一篇文章的时候，有可能会因为一句话或一个词的触动而引发另一篇文章的写作。这种思维习惯，也有助于我们平时有条理地说话，说出理直气壮的话。

要尝试各类文章的写作。有人常问我："你是写小说的吧？"我大多不回答，因为我身上并没有贴上"小说"的标签。有些外地的文友直接问我："你不是写小说的吗？怎么又发表了一首诗啊？还有，上周的一家晚报用了你的一篇散文呢……"我只是笑。其实，既然动笔写，就要尝试各类文章的写作。即便是公文写作也要懂，这有利于你迅速解决公务，节约自己的时间。

要会巧妙安排时间。在去参加某一活动的路上，我可以构思一篇小说；每天坚持的晚锻炼，我习惯快走，就戴上耳机，听上一集《百家讲坛》；某个下午有一整块的时间，我可以写一篇文章或者看完一本书；晚睡前当然可以翻翻《读者》之类的刊物；就要睡着了，也许在背诵一篇明天在课堂上要给学生讲解的文言文。

每天让自己静心思考几分钟，让思想慢慢沉淀，让思维渐渐张开。

不要急于求成，一心想着发表文章。写得多了，水平提高了，水到渠成，文章自然发表了。

早上不睡懒床，晚上不熬到深夜，每天坚持适当的锻炼，这有利于身体健康，有利于自己保持充沛的精力投入到生活中去。

　　开朗的性情，也有助于自己的写作。我写给自己的生活四个关键词：效率、责任、勿怒、不争。

　　偶尔打打麻将也不错，可以调节自己的情趣。"杂交水稻之父"袁隆平先生一周打一次麻将，大作家张恨水先生边打麻将边写小说。

附录：

振林小语

振林小语

有时不妨想着做一件自己想做却又不敢做的事，那对自己也许是一种激励。总是将自己的生活定格，有时就如一头拉磨的老驴，永远没有属于自己的天空。

亲人的去世不是一种告别，而是以另一种更好的方式存在于你的身旁——依然给予你生活的勇气和无尽的关爱。

我们不能强大自己的金钱，那我们就强大自己的精神吧。寻找生活中的美好，做点让自己高兴的善事，体味和亲友在一块儿的幸福，多多积蓄属于自己的诗意。

不管人家在做什么，你要知道你自己在做什么——动力在哪里，目标在哪里。

善待生命的每一分钟，你会觉得充实；善待生命中的每一个人，你会觉得幸福。

生活如沸水，你我如茶叶，上下漂浮间，散发沁人味。

　　生命中的好多人只是用来怀念的，正如所言"相见不如怀念"也。曾经的同学、同事、老朋友，再见面时亦是十年或二十年之后，抑或再不能相见，成为永远的怀念，一想起，就泪流满面。但有些人是用来见面，而不只是怀念的，比如父母、妻儿，还是常见的好。

　　常言性情，人者，一为性，二为情。古者，大多情大于性；今者，诸事多快餐，性大于情也。人者，年轻时性大于情，以性为乐事；渐长，情大于性，以情为幸福。

　　阅人如品文，涵泳方知味，日久见人心。遇一知己，正如读一妙文，赏心悦目也。读文晓其意，读人通其性，皆欣喜若狂也。

　　或是地位，或是金钱，或是声名，这些世事纷扰着我们，于是我们总是想方设法地去追逐。追逐而不得时，我们就有了退避三舍的选择。说，我要是陶渊明多好，几棵柳树，几亩园地，怡然自得；我要是梭罗也行，一间小小的木屋，一个大大的瓦尔登湖，快然自足；或者，我即便是如司马迁般有点牢狱之灾也罢，什么都不用去想，写一写自己的《史记》。

　　我们永远是个自相矛盾者，物质与精神这两个小人在自己的世界里搏斗，难分胜负。我们想做生命的热烈者、生活的热情者，我们也想做闹市的隐居者、心灵的隐藏者，皆欲罢而不能。

　　无钱者说：我们买不起洋房，购不来香车，泡不了美女，但我们可以看你们。试想，园中猛虎、林中雄狮固然雄猛，但赏心悦目者、怡然自得者乃我等游客也。我们进不了酒馆，吃不了山珍海味，试看，高血压、高血脂、糖尿病之类，十有八九为有钱人。

庄子言神龟，"死已三千岁矣，王巾笥而藏之庙堂之上"；然如神龟之庄子，"宁其生而曳尾涂中"。读此寓言，我又想起另一寓言。笼中的老虎对着空中的小鸟大嚷："我是百兽之王！"空中的小鸟轻轻地回了一句："我是自由之身……"

我写给自己四个关键词：效率、责任、勿怒、不争。

吾应对凡人事务之态度：公务，迅捷之中追求准确；教学，实用之中追求艺术；写作，喜欢之中追求深度；生活，平淡之中追求雅致。亲情品悟永远贯穿，身体锻炼穿插其间，阅读电影相时为之。

人生得一心灵伴侣，难于上青天矣！露水之逢，相互取暖；宴席之遇，作戏之伴；一见钟情，寂寞所幸。婚姻生活伴侣，大多以过日子为目的，以子女为纽带，故有所谓家庭。尔好酒，而夺其杯；尔夜鼾，而分其床；尔受骂，而给其食：生活相伴，精神分离也。武侠大家金庸言家庭幸福乃百忍成精，当有此理。然此类，皆非心灵伴侣；心灵伴侣者，惺惺相惜而超乎物质与精神之上也。

永远没有"好"的时候。我们常说，等做好这件事、等过了这些天就会好的，我们也轻松了。但这是不可能的。人生永远没有"好"的时候。人生就是一个不断地憧憬不断地奋斗不断地成功与失败又不断地站起来的过程。不要等待，不要说过几天，那只是一种借口，那只会让生命在你身边被自己蚕食。在路上的姿势，永远是最美丽的！

小隐隐于山，大隐隐于市，绝隐隐于心。

有些人因为太忙太充实，所以有着大把大把的时间；而好多人因为有着大把大把的时间，所以总是觉得很空虚很无聊——让自己忙一些吧，让生命多一些颜色。

生活中哪些是有用的事哪些是无用的事呢？双手挣钱，填饱肚子，当然是有用的事；几乎所有的动物每天也都会做这样有用的事。但是，只要你填饱了肚子，那你就想想做些无用的事吧，比如泡一杯茶看一本书，比如打一场篮球，比如静静地想一件事或者一个人。对孩子的教育也应该是这个道理，书本学习看来是最有用的事，但除了书本呢，想着让他们去做点无用的事——和伙伴们游戏，自己随意地画一幅画，去看一看小蚂蚁搬家，等等。

其实，不管你处在什么样的年龄段，只要你珍惜你的生活，每天都是你大把大把的青春。成天昏睡，只是瞎闹，哪怕你正是二十岁，那么你已进入人生的暮年。

生活有些规矩，有些随意，二者糅合是自己充实而快乐的法则。

父亲有三个孩子，神给了父亲一个面包。父亲面露难色："神啊，能再给我两个面包吗？不然，我分给孩子们每人三分之一个面包，孩子们得到的只是三分之一的父爱。"神笑了笑说："记住，父母给子女的爱是不会分割的，你只给了他们每人三分之一个面包，但仍然是给了他们三分之三的爱。"

父亲送读高中的女儿上学。每次快要到学校时，必然路过一个十字路口。车来车往，总让人担心。父亲担心女儿不会抓住时机过马路，总是小心地送女儿走过十字路口，女儿呢，总是担心父亲回家里的安全，总会在十字路口前说，爸，不用送了，我能走。其实啊，两代人的人生，就是这样相互扶助着，走过一个又一个十字路口。

寻找解决问题的出路是多样化的，正如发现女性的美丽，除了男性喜爱的大众化区位，也许有的女性手指漂亮，有的脸上黑痣个性，有的刘海飘逸，还有的脚趾性感。

我庆幸我有一份快乐而幸福的职业，我的学生们，总是十七八岁，走了一届，又来一届。他们永远是青春的，所以我们的心理也永远是青春的。学生不老，我们亦难老。哪里有如此绽放美丽的蜡烛呢？哪里有这样释放快乐的春蚕呢？哪里有这种收获喜悦的黄牛呢？

我总是怀想我的故乡的一些小事物，房前屋后的几棵树，家里曾经喂养过的有特征的狗，我玩过的弹弓、铁环、陀螺等自制小玩具，想起时，就像想起我村子的一个个熟悉的人——好些老人，都一一离我们而去了。其实，这也是我人生的一大资源。乡情，是永远萦绕我心间的美丽。

一些事情，虽然最后的结果都是不尽如人意，但是会有不同的感受。有时是本来就放弃了的，有时是尽最大努力去做了的。放弃了的，根本就没去想会成功，其实很多时候成功就只是一步之遥，一想起就后悔不已；尽了最大努力的，尽管没有成功，但是于自己内心，不留下任何遗憾。

我崇拜那些乐于助人者，以助人为乐，是自己幸福的泉源；我欣赏那

些拼命奋斗者，伤痕累累，无怨无悔；我厌恶那些所谓的慈善家，一些钱财，购得声名——真正的慈善者是如蚁般默默无闻的；我排斥那些四大皆空者，以为自己是真正之无欲无求者——也许我没有达到这样一种道行。

有了假期，当然可以轻松。过于轻松，流走的是时间，是自己的生命。好多的事情，只有自己主动去做，生命才更有意义。珍爱生命，生命属于自己。

人生不能缺少梦想。梦想就是在一次次的破灭之后才会圆满。走了弯路，有过失败，那也丰富了你人生的阅历。有时，也不妨将"用麻袋装钱"的农村大爷行为与"大幻想"的美国式思维相结合，你会在梦想的破灭与闪亮之中收获成功。

片中所谓"新梦想"集团，谓"新东方"乎？所名"王阳"者，李阳乎？所言孟晓骏者，马云乎？

——《中国式合伙人》启示

每个人的人生就是一次漂流，每个人的漂流中都有一只老虎。《少年派的奇幻漂流》是极具寓意的。你的心中没有一只老虎和你作对，和你不停地斗争，那么你的生活会了无趣味，没有一点斗志，甚至没有活下去的勇气。而这只老虎，可能随时来，可能随时走，你最后的成功，它也不会看你一眼，虽然你在心里也会感激它。

——《少年派的奇幻漂流》

启 示

人间有至善，美好的事物总是不会消逝的。

在逆境，你一定不要丧失生活的信心——哪怕是在监狱，即使是判决无期，你也有活着的理由，你也会收获友谊。

人生，不过两件事，忙着活，忙着死。而这个过程，就是你人生的一个又一个故事。主演，当然是你自己。

《肖克申的救赎》，没有大的场面，也没有激烈的情节，总是给人以活着的信念。聪明的安迪，救赎着他人，也救赎着自己。安迪与瑞得，两人的情谊让人咀嚼。二十年光阴挖通的狭窄隧道，监狱里的图书馆，是影片中最温馨的场景。安迪的出逃，成为最惊险的镜头。

影片也表现当时社会司法制度的不完善，揭示现实中诸多"体制化"的生活。

活着，就好好地活着。

读书，不为名；写作，非为利——此读书人之高境界，然亦读书人之软肋。

读书是件快乐的事，写作是个幸福的活。

吃饭，是为了活着；活着，不只是为了吃饭。

吃饭穿衣，是为了让自己活；读书写作，是为了让自己更好地活。

所谓教师，教书育人者也。育人当为首位，然众人不解或不实施，皆

为惑也，为失误也。

教师，职业为师，亦为人也。当有人之本性与人之个性、人之生命与人之生活。教师，不只是教师！

校园所谓领导，非行政意义领导，亦教师也，不可高高在上而雄视他人。

为教师者，本为读书人之末路，不可斤斤计较也，当惺惺相惜。教师，何苦为难教师？

不要说等到什么时候做什么事，现在就开始来做。等，其实是浪费时间。

心里总说：没有比现在更幸福的时光！

精神生活，品质生活。

拥有一份情感，珍惜生命之怜爱。小幸福与大物质，选择其一，小幸福为生活之真幸福也。看到一句话：像孩子般爱恋。颇有道理，如此，为真感情。纯真如水，洁白如云。

快乐生活四要素：童心，自信，责任，淡泊。